山藤章二・老いては自分に従え

岩波書店

まえがき

『老いては自分に従え』だとさ。

- 「なんのこっちゃ！」
- 「子じゃなくて自分か！」
- 「なんかエラソーだな！」
- 「誰が誰に言ってるんだ！」
- 「部下も居ないし女房もとっくにそうだ。いまさら俺に、従うものは居ないよ」
- 「妄想だろう！」

この書のタイトルをはじめて見た方の反応を勝手に想像して、いくつか挙げてみました。みなさんのお心にどれか近いのがありましたか？　結論を言うと、みなさん読み違えていました。

このタイトルは、読者の方に言ったのではなく、私が私に向けて言った「励ましの言葉」です。自分がもうひとりの自分に語りかけているということを始終やっているのです。ま、クセです。

そのコ、コ、ロ、について、少々説明します。現代は無限に情報が錯綜している。各分野の専門家が各自の意見をのべ、それが脅迫や、誘惑や、宣伝や、警告といった形で、空気中に充満している。そのひとつひとつに心を奪われていると、己《おのれ》がどんどん吸い取られてアイデンテティがゼロになっていく、そんな恐怖を感じます。

昔の老人が体験しなかった現代病です。

昔の老人とか隠居とか言われていた男たちは、もっとデンとしていた。腰が座っていた。私はしきりに昨今、それに憧れているのです。

彼らの自信が、正論か邪論か、無知か思い込みかはわからないけど、もっと頑固で、他人の意見や忠告に耳を貸すことはしなかった。それでいいのだと思うようになった。神でも仏でもない人間だから、間違った頑固でいい。「頑迷固陋《がんめいころう》」であることが老人の価値である、とさえ思うようになった。

問題は「頑迷固陋」さを支えている自己の価値観や美学をちゃんと持っているかどうかである。おしなべていまの老人たちに、それを感じないのである。自分も含めて、そのことに忸怩《じくじ》たる思いをしている。

あ、とここで気がついた。

これは「まえがき」である。まえがきとは普通、この書を書くにあたっての気持、おおよその自書紹介という軽いご挨拶で済ますものだが、その範疇《はんちゅう》を越えて自論に突入してしまった。

始球式なのに、いきなり全力投球して百五十キロの速球を投げてしまったようなものだ。失礼した。

でも自己弁護をさせてもらえば、私という筆者はそういう世間的な常識や儀式をほとんど意に介さないタイプなのである。心のおもむくままに筆が走ってゆくので、その非常識をまずご容赦、ご理解頂きたい。ふつうの「まえがき」にはもう戻れません。

考えてみれば私も、老人の域に入っている。

昔の老人のように立派な頑固さは持ち合わせていないが、七十八歳の年相応の価値観や美学はある。

それを次の世代にバトンタッチをしたいとも思っているのだが、受け取ってくれる世代との価値観のギャップが大きくて、次世代のランナーが、本気になってバトンを受け取ってくれないような気配があるのだ。バトンを受け取る手に、あまり力が入っていないのである。

うかつに手渡そうとすると、向こうにその気がないからポロリと落としてしまう感じがある。渡し手と受け手との間にあるゼネレーション・ギャップ、これはいまの老人の多くが、うっすらと感じている共通した不安なのではないか。

後述する「近頃の若いモンは物を知らない」の項で、その実感についてくわしく述べている。

「忠臣蔵」や「貫一お宮」について、全く知らなくてもそれは責めようとは思わない。そんな大時代な人情劇に批判的であっても、それは自由である。

ただ、バトンを渡そうとして相手を見たら、一日中、スマホのとりこになっていたり、アニメのキャラクターやゆるキャラを肉親以上に愛していたり、AKBとかいう女の子の人気投票に巨額を投じて興奮していたりする子供や中高年の男たちだと、ものすごい脱力感に襲われるのである。

日本人は大丈夫か、という気になるのである。

このまま筆を進めて行くと、本文の意味がなくなるのでここで止める。

「まえがき」から「本文」への境目のない筆致で失礼しました。いま風に言うと、バリアフリーご挨拶ですか……。

老いては自分に従え

目次

目次

装幀＝坂口　顯

その一

「ご隠居」は何を考える？

「そのお年になったご老人というのは、ふだんどういうことを考えていらっしゃるんですか。若い頃とは脳のはたらきが違って来るもんですか？

私たちも遠からず老境に入るわけですが、いまはまだふつうですから、来たるべき老齢世界の方の生き方、処し方に関心があるんです。いろいろと話してくれませんか？」

突然に訊いて来た。

相手は親しい知人で、折があるとよく話をする。話し相手としてはウマの合う男性で、定年が近い世代だから比較的話がしやすい。編集者。最近では珍しく〝人間について関心を持つ〟タイプで、よく話す。

人間が人間に関心を持つなんてことは昔ならあたり前のことだけど、これから先はどんどん減ってゆくだろう、というのが私の絶望的な予想である。

液晶画面の小さな小さな世界にのめり込んで一日に十時間も指先を動かしている若者たち。通勤電車にいち早く乗り込んで座席を確保するや、本も新聞も読まないで小さな小さな世界に没入している働き盛りの中高年たち。彼らが黒い魔法の箱から覚醒して、活きた人間に関心を持ったり会話をしたりすることは、この先絶対にあるまいという絶望である。

あの小画面の中で何が起きているのだろう。かすかな記憶だが、色のブロックを積んだり失敗したり、城の中の姫を助け出したり邪魔をされたり、戦争ゴッコで敵の兵を撃ち殺したり逆にやられたりと、そんな他愛もないことだろう。ゲームプランナー(というのかどうか知らないが)という人間が創り出した空間がそんなに面白いのか?

そりゃあ、そういうことはありますよ。人間誰しも現実の空間だけじゃ息苦しくなるので、それぞれが別の空間を持っていてそこに逃避したくなる。そのことはストレス処理法としては正しい。精神科医も認めています。

私はその個人的世界を「神経シェルター」と呼んで、ぜひお持ちなさいと奨めているくらいです。ただその場合、みんながみんな同じシェルターじゃ話にならない。

核爆弾が落とされた時、一億人全員が入れるシェルターなんてあり得ないでしょ。だからシェルターはあくまで個々別々のものを持つべきだ、という理屈です。小さくて黒い箱に全員が夢中になっている現代《いま》の現象はかなり危うい。仮にファナティックな独裁者が出現して全国民の思想をひと色にまとめようとしたら、わりと簡単に実現できるんじゃないかな。この間の戦争のときは、「一億火の玉」とか「神州不滅」というスローガンでまとめられちゃった、そういう国民性があるんだから。

というようなことを話そうとしたが、先方の様子を窺ったら、もっとくだけた話をしたそうに見えたので、声に出さないで呑み込んだ。

「老人はふだん、どういうことを考えているんですか?」と訊かれたので、具体的な例を挙げようと考えたとき、最初に思いついたのがケータイ現象だったからいきなりケータイ批判をはじめた。

「いろいろ考えてますよ。もうひっきりなしに考えてる。あなたの訊き方から推測すると、老人というのは半分はボケてて、半分はモウロウとしているんじゃないか、と予想しているようだけど、残念ながらそうじゃない。ふつうの人の脳のことはわからないけど、私個人のことだけを言えば、実にいろいろなことが次から次と出てくる。それも瞬時に浮かんで、瞬時に消えちゃう。〝万華鏡〟みたいなもんで、さっきの絵に戻そうとしてももう戻らない」

「へえー、大変ですね。いや、老境に入るともっとゆったりとした世界に遊ばれているのかと思い込んでいましたからね、万華鏡状態じゃお忙しくて大変だ」

「私自身、意外でしたもん。老人になってボンヤリ出来るのを楽しみにしていたのに、現実にそういう年になってみると、若い頃よりもっと多方面にわたって思考が飛び散るからクタクタです。逃避したくなりますよ」

「ご隠居さんだと、どこに逃避されます？」

知らないうちに「ご隠居」にされちゃった。この男、私が「週刊文春」に連載してるコラム〈手脳会談《しゅのう》〉を読んでいるな。コラムでは私がご隠居役を演《や》っているから、そのイメージに重ねて来たに違いない。ならば話は早い。


「私のシェルターは落語です。昔っからそう」

「シェルター？　何の話です？」

「あ、さっき人間には逃げ場所が必要だって話を頭ン中でしてたんだけど、あなたは聴いてなかったんですね」

「他人《ひと》の頭の中の話はわかりませんよ」

「その方が都合がいい。それじゃサラで話して進ぜましょう。もそっと傍へお寄りなさい……」

現代人はストレスの渦の中に居るようなものだから誰もがそれぞれの〝現実逃避空間〟を持つ必要がある。それを私は「神経シェルター」と名付けている。

で、あたりを見回すと、老若男女がそろってケータイとかスマホとかいうものにふりまわされている。夢中になり過ぎて、人とぶつかろうと、横断歩道の信号が赤になっても、小画面を見つめ続けている。

「ケータイ依存症ってのはアブナイぞ、と始終思ってる。ふたつの意味でアブナイ」

「ふたつ、ですか。どういうふたつです？」

「ひとつは人にぶつかったり、車に気が付かない、という、日常よく目にする光景としてのアブナさ。もうひとつの方は、みんながみんな同じ心を持つ、ということは誰かの号令で集団催眠にかかる、という国民性としてのアブナさ。ということです」

「それはケータイというより、インターネット社会ということですね」

「かも知れない。私は全くそちらの世界に関しては知らないから突っ込んだ話は出来ないんです。ネット、ブログ、ダウンロード……そういう言葉がまるでわからない。わかろうという気もない。私にとっては新しい文明は不要なの。いままで蓄えて来た文化だって十分に使い切ってはいないのに、これ以上何かを仕入れたって置いておく場所がない、ってのがわが脳内事情」

「じゃ、シェルターはどうしてます？」

シェルターというと核シェルターを想像する。放射線を通さないように厚さ二メートルほどの堅牢な壁に囲まれた、非常食と水タンクが格納出来るコンパクトな空間を。ところが「脳内シェルター」というのは実にうまく出来ていて、伸縮自在、積み込みようによってはどういう形にもなる、定員なしの空間である。

「婆さんや、いま通ったのは横丁の源兵衛さんだろ？」

「違いますよお爺さん。あれは横丁の源兵衛さんですよ」

「あ、そうかい。私ぁてっきり横丁の源兵衛さんかと思った」

私はこの会話が大好きだ。落語のエッセンスである。吹き出すような滑稽なクスグリではないが、江戸庶民ののんびりとした日常がたちまち浮かんでくるからだ。

爺さんは六十歳くらい。婆さんは少し離れて五十五くらいか。当時の平均寿命からいくと、だいたいそんな見当。爺さんの身分は大家ではなく差配人《さはい》(家主は根岸の里の方で小僧とふたりで静かに暮している。で、長屋の管理は差配人に任せている。住人たちに揉め事が起きないようにとか、月々の店賃の滞納がないようにといった雑事は信頼のおける差配人に任せている)。老夫婦の住まいは横丁への出入りが見やすい角の一部屋にある。出入りの玄関は当時の常識で開けっ放し。人の気配があると、目を上げてチェックする。この日もそんなある一日。時刻は昼飯の少しあと。長屋の男たちはほとんど職人だから昼は出払っているはずなのに、ふと男が入口の前を通って行った。爺さんは長火鉢から目を上げ、婆さんは繕い物から目を上げて通りかかった男を見やる。あの印半纏《しるしばんてん》から横丁の源兵衛だと思ったけど、いまどき仕事先から横丁に戻って来たところを見ると、何かあったのかと気になる。爺さんがそう思って婆さんに話しかけるが、婆さん近頃耳が遠くなって会話がトンチンカンになる。下町の平和な空気。季節は五月あたり。

わずか三行だけの小さな会話から、これだけの風景を想像することが出来る。落語の素晴らしさ。もっともそのためには、客の方に物語をふくらませるだけの基礎知識が必要だ。知識というほどの大袈裟なものではない。何というか、体のどこかに染み込んだ江戸の風、空気、匂い、といったものが、ある世代までの日本人には共通してあった。

蛇足を言えば、江戸の時代、落語の世界は全部が全部「パラダイス」ではない。それどころか、暗い、寒い、ひもじい、きたない、喧嘩だらけ、火事だらけ、といった辛い環境の方が多かった。そういう明暗ひっくるめてが「庶民の覚悟と諦観」を生んだ。

私より年寄り、つまり古い人間たちは、だからこの間の、といってももう七十年も前になるが、戦争に耐えて来られたんだ、と思っている。戦時下の国民の暮しなんていうものは、いまの若い人には信じられないようなものだった。でも、ひもじいも暗いも貧しいも、みんな江戸庶民のDNAが体の中にあったから何とかのり切って来たと、私は思っている。いまの若者じゃとても無理だろうよ。

「へぇー、いろいろと考えているんですね。ケータイの話から落語になって、また即座に戦争中の話になるんだから、ご隠居の頭の中はめまぐるしいですね」

「さっき落語の一場面を話したな。あれを文字に直すと原稿用紙で一枚ぶんくらいになるけど、実際に頭ン中をよぎってる時間は二、三秒で、そんときにゃ次の場面が浮かんでる、ってのが実情ですな」

「それって、ビョーキなんじゃないですか？」

「いや、言葉や文字にすると大層な働きをしているように聞こえるけど、人間の脳って、誰でも同じようなことをしていると思う。ただそれを口に出すとヘンなやつ、と思われるから黙ってるんです。一般社会、常識社会では、脳の中の混乱はなるべく表わさないように、という教育を受けてるから、ＴＰＯに合わせた会話をしてるんですよ」

「一般サラリーマンとはそこが違うと？」

「そう、自由業というのは、何も毎日会社に行かなくてもいい、というだけの意味じゃなくて、頭ン中で何処へワープしてもいい、思いついたことを口に出してもいい、という意味で自由なのですよ。と、偉そうなことを言ってるけど、そうだと信念を持って言えるようになったのは、最近のことなの。老人になって発見することって、あるんですよ」


それは全くその通りで、若いうちから自由業の意識はあったけど、その頃の意識と老境に入ってからのそれとは大きく違っている。

若い頃は、マスコミで自分の存在を知ってもらうにはどうしたらいいのか、という計算が根底にあった。目立つ絵、目立つ発言を世に知らしめるための個性、という発想である。

マスコミや世間の目に、「近頃よく見るヤマフジとかいう男は自由気ままな表現をする面白いやつだな」と思ってもらうための自由であるから、おのずから道幅が決まってくる。生業《なりわい》とする以上、それは極めてあたり前のことで、別に後ろめたさは感じない。生業には生業の道幅が、どんな分野にでもある。それが厭なら、あるいは向いてないのなら〝芸術家〟になればいい。

私の性格は芸術家には向いてない。あれは別の分野だ。

私は道幅の、あるいは土俵の中で生きたい。ただし真ん中じゃなくて端っこの方で、少しひねくれたポーズで目立ちたい。それが韜晦《とうかい》的な性格に合っている。

幸運にも、世の中のサブカルチャーの勃興期という時代と出会った。「メインカルチャー」ではなく、「サブカルチャー」に世間の関心が集まった(このあたりは『自分史ときどき昭和史』にくわしく書いたので、興味のある方はそちらを読んでください)。

「あ、ここで急に思い出したことがある。忘れないうちに話したいので、ちょっと横道にそれますよ」

「ワープですね。大丈夫ですよ、何の話です？」

「〝瞑想するアプリ〟って知ってる？」

「アプリっていうと、スマホ用語ですね。またご隠居の嫌いな魔法の箱の悪口ですか？」

「先日、つけっ放しにしていたテレビから、聞き慣れない言葉が出て来たんでな、画面を見てみた」

「どういう画面だったんです？」

「ケータイやらスマホやらの新しい遊びを創っているチームが映ってる。で、そのうちのひとりにアナウンサーが、いま何を開発してるのかを尋ねてる。そしたら〝瞑想するためのアプリ〟だって」

「瞑想って、ひとりで目をつむって、頭ン中を空っぽにする、あれでしょ？」

「そう。私は思わず突っ込んだ、テレビに向かって。瞑想するんならひとりでやれ。そんなアプリなんて道具の力を借りるな！と」

「面白い。で小画面には何が映ってました？」

「海だか、砂浜だか、わからんものが……」

「音は？」

「それがまた面白い。チーンという、仏壇の鐘の音がひとつだけ鳴るんだ。な、面白いだろ?　音だけは仏教の力を、古典的な力を借りるんだ。その、アナログとデジタルの混在が笑えるな」

「いちばん驚いたのは、こうしてご隠居から、私のまだ知らないスマホ情報を聞いたことですよ。ハイカラですね」

「ハイカラか。そういう言葉がすんなり出てくるところを見ると、お前さんもそう新人類でもないな」

「私は旧人類ですよ。ですからこうして老人の話し相手になってるんで、若いコじゃ無理ですよ」

「違いない」

「ひとつ、伺ってもいいですか?」

「なんなりと」

「ご隠居はいま、「週刊文春」にコラム書いてますね」

「去年の春から連載してますよ」

「そのお年になってからアレをはじめたお気持を伺いたいんです」

いいことを訊いてくれた。

二〇一四年の冬、『自分史ときどき昭和史』を出した。喜寿の誕生日に合わせましょうと岩波の編集部が協力してくれた。折しも、「自分史」が話題になっていたこともあって、各媒体で書評や紹介がたくさん出た。そんな反応もあって、私自身もひとつの大仕事をやり遂げた充足感を覚えた。

ところが少し時間がたつと、生来の性格で、自著を冷静に考察しはじめた。アレは、物心がついてから現在までを凝縮して書いたもので、嘘はついていないが、それほど内面を吐露したものではない。一応、苦労も、悩みも、戦争の話も、暗い記憶を中心にしたつもりだったが、意地悪く批評すれば、所詮は自慢話、サクセスストーリーではないか、という気が強くして来た。それでもアレを出したと同時にわが人生も終わっていれば、めでたしめでたし本で終わっていたはずだ。

あいにくそうはいかなかった。マッカーサー元帥の「老兵は死なず、ただ消え去るのみ」の台詞よりもっとしつこく生きた。消え去らないのである。

まだ何かある。まだ何か出来る……と思って。ワーカホリック(労働依存症)という言葉が一時《いっ》流行《とき》ったが、倣っていえばメディアホリックなのです、私は。喜寿に「自分史」を出してそのまま舞台から消えれば美学としては完結したのだろうが、美学より現実を選んだ。もうワンステージ出来る。

私が観客の立場だったら、ひいきの役者や芸人が出ていても、「引っ込み時があるぞ！」と、腹ン中で思うか、声に出したくなるところだ。

「自分史」のあと、しばらくして、妙な徴候が現れたのです。ボケといえばボケ、モウロクといえばモウロク。当人がコントロール出来ない空間に出会ったのです。一般的にはこの徴候は〝悲劇〟に属するものでしょうが、愚脳労働者の私にとっては〝喜ぶべき新境地〟に思えたのです。バカなことが次から次と脳に浮かぶのです。

ふつうそういう徴候が出たら、慌てて、認知症の病院へ駈けつけるところでしょうが、私はそうしなかった。私が駈けつけたのは「週刊文春」の編集部だった。

「面白い世界を見つけた。七十七歳の老人がバカバカしいアイデアを思いつくので、それをコラムにしてみたいんだけど、ページをくれませんか？」

ここで他社ならぬ文春に駈けつけたのは、わけがある。一九七〇年代に自分の道を探しあぐねて右往左往している私に、戯作者スピリットとか韜晦的キャラクターを感じて場を与えてくれたのが、他ならぬ文春だった。池島信平さんとか、半藤一利さんといった〝知的遊び人〟が認めてくれたのです。

その故郷《ふるさと》に対する恩義もさることながら、現在の「週刊文春」のコラムが圧倒的に面白い。みうらじゅん、土屋賢二、伊集院静、宮藤官九郎、小林信彦などなど、見事なキャスティングです。

並の神経だったらこんな顔ぶれにビビるところですが、なにしろこちらはボケとモウロクだから平気で売り込んだ。都会性とユーモアを大切にしてくれる社風に、一脈が通じてるなと感じたから。それと魅力は〝最も売れている〟週刊誌ということ。どうせ書くのならなるべく多くの読者の目にふれてもらいたい、これはモノカキ業界人共通の性《さが》である。

これだけ面白いコラムを揃えたメディアにのり込む、ということは、最先端の、客がよく入る商店が並んでいるところへ、新規な店舗を出すのに近い。集客能力の高いアーケードの中で何を売ったらいいのか？　下手をすると、わが店だけが不人気で短期で閉店ということになる。

わかりやすい例で言う。私が四十年続けている「週刊朝日」は、巣鴨地蔵通り商店街である。お年寄りには絶対の人気と信頼がある。歴史はある。その一角で私は〈ブラック・アングル〉という店を持たせてもらい四十年間も営業を続けている。一軒おいて隣には〈似顔絵塾〉という店も三十五年間続けていて、安定した売り上げがある。読者層（客）の支持もあって、記録的な長期連載、つまり老舗である。いまの状態に何ひとつ不満はない。感謝ばかりである。

扱っている商品は、「がん封じに効く赤パンツ」と「塩あじ大福」と「大学いも」。いずれも高齢者に人気があって商売繁昌している。

ところが店主の私の目の端《はし》には、代官山の高級洋品店の街並みがある。もっと若いコたちの情報発信基地的存在の渋谷センター街が見える。

それが気になって仕方がない。七十八歳の老人なんだから、静かに巣鴨で「赤パンツ」と「大学いも」を商っていれば四海波立たずの日々を送れるのに、一度、代官山や渋谷に挑戦してみたいものだ、という邪心がときどき起きる。創造者《クリエイター》の虫である。

それがこのたび頭をもたげて来たのである。老人が今更、代官山で何を売ろうというのか……。

「お前さん、今日は何を仕入れて来たの？」

「岩見重太郎のわらじ。それと小野小町から鎮西八郎為朝に出した手紙だ」

「時代が違うよ。そんな手紙、あるわけが無いだろ」

「あるわけが無いのがあるから珍しい古道具屋だ。あとは、珍しい太鼓があったんで買って来た」

「お前さんは古い物じゃ随分損をしてるよ」


私の「神経シェルター」の落語、「火焔太鼓」の古道具屋の甚兵衛からヒントを得た。落語の素晴らしさはそこで、ストレス治癒のみならず、商いのツボまで教えてくれる。

「週刊文春」のコラムは、新しい感覚の異才たちと競うことはしないで、古い物でやってみたら、逆に面白いと思われるかも知れない。

そうだよ。いまの若いコは落語のバカバカしい会話も、江戸の空気も多分知らないだろうから、隠居と職人の馬鹿っ話に興味を持つかも知れない。代官山のハイソな街並みに、一軒だけ古道具屋があったら意外に話題になるかも……。大ヒントになった。


「あなたは文春のコラム、読んでくれてるの?」

「毎号読んでますよ」

「面白いですか？」

「ま、面白いときもあるし、そうでないときも……」

「そりゃそうですよ。考えてるのが人間だもの……」

「相田みつをの書みたいですね」

「そう。相田みつをになってみたり、立川談志になってみたりで、気分次第なの」

「談志さんは、食べ物屋なんかで色紙を頼まれたりすると何て書くんですかね？」

「〝がまんして食え!!〟立川談志」

「いいな。シャレのわかる主人なら喜んで飾る」

「別のメシ屋で、〝俺この店よく知らねぇんだ〟立川談志、ってのは見たことがありますよ」

「ご隠居のコラムは、老人の頭ン中がよくわかって、そこが面白いんです」

「そう読んでくれると有難い」

「でも正直いうと、笑いのセンスが古い!!」

「それ、正解。あなたはレベルの高い読者だ」

「へえ。怒られると思って言ったんだけど」

「怒るどころか、読者としてよく見抜いてます」

「笑い」ほど時代に順応して変化するものはない。「喜怒哀楽」という感情の括《くく》り方が昔からあるのでそれに従えば「笑い」は「楽」に入るだろう。

「喜怒哀」の三つは、どんなに時代が変わろうと、どんなに人間性が変わろうと、そうそう大きな変化はない。

それに比べて「笑」は千変万化してゆく。例えば喜劇王として君臨したエノケン（榎本健一）の顔や体の演技は、いまの感覚では面白くない。でもそれに、戦争中は日本中が爆笑した。

戦争中から終戦まもなくあたりが、私の笑いに対する敏感期だった。柳家金語楼（兵隊落語）、三遊亭歌笑、柳亭痴楽（上の二名は奇怪な顔を売物にした）。三木トリロー、石田一松（両者は社会風刺派で文化的意義はあるが大衆受けはしなかった）。

そして昭和三十年代の落語黄金期に入る。文楽、志ん生、柳好、円生、金馬、三木助、可楽、馬風（名前だけでピンとくる人だけを対象にしているので何代目と亭号は省略する）。私はこの名人達全てを寄席で見たので、落語グルメになると同時に、シェルターとしての空間をこの頃に見つけたのである。

この時代の特色は、演者も一流なら客も一流で、お互いに江戸の空気をわかりあえる蜜月時代だった。夫婦と似て蜜月時代が永遠に続くと思い込んだ。

それから半世代ほどズレて次のランナー群が来る。小さん、馬生、志ん朝、柳朝、円楽、談志、円鏡、歌奴、小三治などなど書き切れない。共通しているのはこのあたりまでは〝芸人臭〟があった。基本は古典で、マクラはほんの少々、というオーソドックス派。

やがて春風亭小朝が登場して時代は変わる。マクラもクスグリ(ギャグ)もどんどん新しくなり同時にふつうの女の子が花やプレゼントを持って楽屋に並び、メディアもタレントとして扱い、露出も多くなる。

立川談志が旧弊な落語界や寄席世界を批判して一派を創設。芸人気質ではなく文化人気質を持っていた弟子たちが蝟集する。

談志の発言、行動、生き方の影響力は大きく、いわゆる「芸人バカ」は減少し、「自分で作り、演じ、論じることの出来る」利口芸人が急増する。

東京に限っての落語界をコンパクトにまとめてみたが、これだけ落語家気質が激変すると、困るのは私のように「落語シェルター論」が永く続くものと信奉して来た古い日本人たちであ間は路頭に迷う。したがって落語こそシェルターであり、いつでもそこへ逃げ込めると安心しきっていた人る。

落語世界というのは、ひとつの見方では「にんげん見本帖」であると言える。いろいろな性格の人間たちが誇張されて出て来る。細部にわたって実例を挙げていこうと思うと、一冊の書ほどの紙数が必要なのでここではやめる。

そこで、落語世界にいままで全く無関心で不案内、という人に要約して説明するとこういうことになろうか。

江戸の後半から末期あたり。士農工商の身分制はまだ形としては残っていたけど、実質的には平和が続いたために武士たちは仕事がなくて稼ぐ機会もない。都市化が進んで人が集まると商人と職人が元気になる。

とは言えインフラ整備まではまだ間がある時代。貧しい、暗い、ひもじい、暑くて寒い。同じような境遇だから悪人は出て来ない。運命共同体的仲良しと諦観。結果、娯楽は会話中心、機智に富んだ言葉遊びが流行る。妙に学問があったり損得勘定が出来ると、のけ者にされる。万事にゆるくて万事にアバウト……。

それらの総体が庶民の気質であり、落語世界の空気である。ということを感じてもらえば、現代人のストレス解消法としての「シェルター」としての役割がだいたいわかってもらえるだろう。だから古典落語というのは、義務として、時間が停止していなくてはならないのだ。そのシェルターに逃げ込めば、いつでも、ゆるくてアバウトな空気が迎え入れてくれる。故郷《いなか》に帰ると人も時間も昔のままでホッと出来る。あれと似た空間である。

立川談志以前と以後という分け方がある。

談志という人間は、前述したのんびりと愚かさが主人公だった落語世界を、自分は憧れて大好きだと言いながら、彼がやったことは(あるいは彼の行動がもたらしたものは)〝文明開化〟だった。多分そこが彼の生涯にわたっての矛盾だったと、私は思う。

談志以後、弟子たちの気質が変わった。高学歴になり、常識人になり、向上心を持つ。理論を持ち、文章が書け、芸人らしい愛想を言わなくなった。私のような古典的な「落語シェルター論派」は、だから路頭に迷っているのである。故郷がなくなった。

古くからの笑いの、落語の、ファンならそういうプロセスに淋しさを感じている人は多いはずである。

そうした同質感を持った連中が何かの折に出会ったとき、「昔はよかったなあ」と慰め合っていても何の役にも立たない。キズのなめ合いで終わってしまう。

口の方ではそんなような(相手が相づちを打ちそうな)話をしゃべっているその時に、私の脳は別のことを考えている。万華鏡の絵はもう次の絵になっているのである。

こうした現象は実にしばしば起きる。常識的な言い方でいうと「話に心がこもっていない」ということになるのだろうが、ごめん、これは性《さが》なのです。

「持ったが病《やまい》」という言い方もある。要するにそういうメカニズムになっているのである。

「脳と口(ワザ)が乖離して困っている」と、立川談志が晩年、しきりにそう言って悩んでいた。

そう言われても、私に実感がなかったものだから、

「ジュディ・オングの歌の中にそういうのあったね。好きな男に抱かれているんだけど、心の中では別の男に抱かれている夢を見ている……って歌が」

「それを言うんなら、落語の「そこつ長屋」で、〝待てよ、こうして抱かれている俺はたしかに俺なんだけど、抱いている俺は誰なんだ?〟という、すごい哲学があるじゃないか。同じ譬《たとえ》を言うんなら、ジュディ・オングじゃなくて、落語の方にしてもらいてぇな」と、たしなめら

れたことがあったっけ。

「脳と肉体の乖離」という現象は、談志の晩年の最大の難問らしかったけど、当時の私にはさほどの実感がなかったので、親身になって心配することも共感してやることも出来なかった。

それがとうとう〝本格的に〟自分にやって来たのである。若い頃からその傾向はあったけど(このあたりの話は、『自分史ときどき昭和史』の中でもふれている)、以前はこのクセを自分の特質、美学としてとらえていた感さえある。

古い流行歌に「明治一代女」(詞・藤田まさと、曲・大村能章、歌・新橋喜代三)というのがある。その二番にこういう歌詞がある。

怨みますまい　この世のことは
仕掛花火に　似た命
もえて散る間に　舞台が変る
まして女は　なおさらに

昭和十年にヒットした歌。柳家三亀松が大好きで高座でよく三味線を弾き歌っていた。え、古過ぎるって？　仕方ないでしょ、私の脳の最深部に摺り込まれちゃった文化の一部なんだから、もはや消すに消されぬ存在。

仕掛花火が大きく咲いて、消えて一瞬の闇、すると次に夜空を彩るのは全く別の花——。昭和初期の男性社会において女性の運命はかようにはかないものだったと、作詞家の藤田まさとは詠んだ。

女性の人権、なんて野暮な意識がなかった頃の、情緒と余韻がしたたり落ちるような名作である。

その甘い妄想を中断するように、話し相手の声が割って入る。

「俳句、いまでもやってます？」

舞台がとつぜん変えられた。「昔の女性の運命と芸術家《クリエイター》の妄想は、他人《ひと》の声で破られる」——か。

「俳句、やってますよ。駄句だけど……」

ズレの文化

頭を俳句にあわてて切り換える。

『駄句だくさん』（講談社、二〇一三年刊）を読みました。面白かったですよ。謙遜して駄句と言ってるのかと思ったら、本当に駄句ばかり並んでいるので笑っちゃいました」

「そこまではっきり言われると、こっちとしても気分爽快です。もう二十年以上やってます。当初は真面目に俳句をやろうじゃないかという主旨で、いささか心得のある私を主宰者として集まったんです。ところが集まった連中が連中だから、途中で料簡がどんどん変わって行った。吉川潮、高田文夫、立川左談次、松尾貴史といった面々だから、風流よりも滑稽が好き、投票すると駄洒落やブラックユーモア系の句が上位に来るんですよ。

〈初雪やいちばん目立つ印度人〉

こういうアブナイ句を理想の句とするような句会だから、いつの間にか〝駄句こそアート〟〝駄句こそカウンターカルチャー〟という気分が主流になって来ちゃった。そういう流れです」

一応そう説明して、〝邪道に入って行ったのはメンバーのせいである〟と責任転嫁をしたのだが、正直言えば私自身、嫌いじゃないのです。王道からズレて行って邪道に踏み迷うというプロセスが。

ここでふと立ち止まる。いま何気なく脳に浮かんだ言葉、「ズレて行く」「あえてズレる」――これは無視できないワードだぞ。いろいろな局面で使える言葉だ。

人間は二種類のタイプがある。どうしても一番になりたいタイプと、いや一番とかセンターという場所より、二番手に妙味がある、と考えるふたつの種類が。

子供の頃からそうだった。映画を観ても、主役より脇役の役者に惚れ、運動会の徒競走でも二番目の走者に声援を送った。料理屋へ行ってもあるじが自慢のメインの菜よりも脇にいる菜の方が美味いと思う。当然、巨人軍より阪神。

論理的に説明は出来ないが、二番手の方が粋なのである。そう、江戸人のDNAかも知れない。

よく言われることだが、政治家で派閥の長を狙ったり、果ては総理大臣になる人間はおおむね地方出身者である。そのための勉強や努力をし、都へ上《のぼ》って天下を取る。そのエネルギーの使い方に何の迷いはない。そうした一途のエネルギーを持った青年が政治家や高級官僚になる。国の中心にはそういう人間が必要なのであるから、困ったことではない。ただし都会生まれ都会育ちの人間にはそれは出来ない。テレなのか美学なのか。要するに上昇一途は野暮なのである。

学校では、粋とか野暮といった美学を教えてはくれない。そりゃそうだ。トップを目指せは教えやすいけど、二番手も粋でいいよと言う教師はいない。

では、どこで学んだかというと、世の中である。

都会人の大人たちの漂わせる空気、雰囲気に子供は影響を受ける。世の中の空気の中に「芸《げい》事《ごと》」が入る。落語、講談、浪曲、芝居といった庶民文化環境が大きい。「本当の通《つう》は主役なんぞ見ねぇで脇役を見るもんだ」などと言う。

羽織をつくるとき、裏地の方にいい布や趣味の小細工を施す。家を建てるときは、表面は質素にして目につかぬところにいい材料を使う。そうしたアレコレが子供の美学の根本に宿る。上方と対照的だ。

話を急ぐ。私が幸運だったと思うことの大きな部分がそれだ。日本古来のメインカルチャーから、サブカルチャーへ時代が移行した時代に、私は自分の道を見つけた。二番手に光が回って来たのである。師匠も血筋も問わないという時代に異才が一斉に頭をもたげた。その偏西風に私も乗って世に出た。小型台風みたいなものだ。

このあたりの詳細は『自分史ときどき昭和史』にあるので割愛する(自著宣伝が重なるけど、アレはアレでなかなか面白い本なので……)。

「さっきまで俳句の話でしたね。それが途中で何か他の言葉にワープしたようですね」

「そう。ズレる、という言葉を思いついたんです。だから俳句の話とうまくからめて話せるかなと、一瞬脳がそっちの方へ行ったところです。丁度恰好のエピソードを思い出したんだけど聞いてくれますか?」

「いいですよ。お茶を追加しましょうか……」

三十年ほど前のこと。「文春句会」から声が掛かった。一瞬ビビりました。この句会は昔は、久保田万太郎や安藤鶴夫、永井龍男といった錚々たる文化人が名を連ねた名物句会だったからです。

時代は大きく変わって、顔ぶれも新しくなった。それでも文春のことだから、各界の異能派文化人を厳選したに違いない。出席者の顔ぶれを思い出すと、野坂昭如、江國滋、長部日出雄、矢野誠一、冨士眞奈美といった、俳句にもうるさい、世の中についてもうるさい、いわば曲者たちが集められている。そういう席に漫画畑から招《よ》ばれたのだから緊張します。

その頃の私はまだメディアの中では新入りの身分ですから、万事に控え目で、遠慮勝ちでした。おずおずと、少なくとも見た目にはそういう感じで出席した。

ところが会場について、早くから集まってビールなんかを飲んでいる連中をぬめまわして見やるうちに、私の中の別の人格が頭をもたげはじめた。こういう曲者たちの中で、あたり前の無難な俳句を詠んだところで面白くない。ここはひとつ、メンバーたちの心の負の部分に訴えるような、毒のある俳句で攻めてみようという気になったのです。

みなさん筆も立つし、感性もユーモアもわかる人たちだ。ただ、スター作家的存在はいない。むしろそういう立場にならないことを矜持とする人種だろう。自分がそうだから嗅覚としてわかる。ならば一同に共通している劣等感をくすぐってみよう。

〈世の中を少しづつずれ葱を噛む〉

無礼を承知の上で詠んだ。みなさんの心の中では、時代とずれて来つつあることは、多分共通認識だ。相当に挑発的な内容だ。ワビだサビだ風雅だという句ではない。むしろ中高年初老期の人間に共通する古傷にふれるような句である。

するとこれがウケたのです。天を集めた。

句会が終わり、録音テープを止めたのち、しばらく雑談の部に入ったのですが、私の句が話題の中心になった。

俳句に関してはうるさい江國滋は「この句は、ヤマフジ句の中で残る一句になるだろう」と褒め、野坂昭如は「ああいう見えすいたフレーズにひっかかったのが面白くない」と口惜しがった。

季語にとらわれて、あるいは季語をめぐって、一所懸命に名句を考える、という視点からズラして、出席者の深層心理にポイントを置いた作戦が成功したのである。

後日談がある。

作家の山口瞳からハガキが来た。「あの句はなかなかの傑作だと思う。ただし一カ所、気になる。〈世の中をずれる〉より〈世の中とずれる〉の方が世間の通りがいいのではないか、と愚考します」と言うのだ。目の付けどころが細かいなと感心したが、ここはひとつ、わが意を説明しておくべきだろうと、返事を書いた。

「おハガキ有難く拝読。説明させて頂きます。お説の〈世の中とずれる〉は一般的には通りはいいと思いますが、あえて、〈世の中を〉としたのは、年と共に世間からずれて来ているという感じより、モノカキの気分としては、あえて、意図的に、世の中のスピードからずれてやるんだ、という能動的な気持を出したかったのです。モノカキの意地、をこめたつもりです」と。

それについての返事は来なかった。


この俳句を詠んだのがキッカケになって（というと話があまりにももっともらしくなってしまうけど）、「ズラす」という行為というか、心の持ちようが、私の物を創り出すときの〝ある種の美学〟のキーワードになっていることは確かです。

〝おう、結構だ。こっちの方でズレてやろうじゃねぇか！〟というケツをまくった感じですね。


「世間一般ではズレてるという言い方をしますね。オヤジギャグなんか言おうもんなら、わ、ズレてる！　企画会議でみんなと違う意見を言うと、あんたのはズレてるんだよ。もっと時代とジャストフィットしたアイデアでないと！　と嘲笑されます。つまり、マイナスの評価として捉えられますね」

「世間ではね。それは一般社会ではほとんどが時流にのることが成功であるという経済中心主義を基盤としているからそうなるんですよ。一方、モノカキ系、芸術系の自分の表現を大切に考えている人にとっては、時流にのるとか、大衆の好みに合ったアイデアというのは恥なんですよ。だけど残念ながら、売れる本を出そう、という経済主義的発想の作家や編集者がふえている。その考え方も一面は正しいし必要なことは認めるけど、芸術や文化とは違う価値観だね」

「ズラして成功した、という実例はありますか？」

「俳句の会で天を集めた」

「もうその自慢話はいいですよ」

「あなたは古今亭志ん生を知ってますか？」

「生《ナマ》は知りませんが、ＣＤなんかで知ってますよ、一応」

「じゃ、話は通じる」

えー、近頃のように車が多くなるってぇと、道路の幅が広くなって、容易なことじゃ向こう側へ行かれません。歩道橋なんてのは足がくたぶれるんで登りたくない。ですから向こう側には行かれないんで……。

（遠くの人に声をかける仕草で）

「あなたー！　あなたはよくそっち側に渡れましたねぇ！」

「へえ。あたし、こっち側で生まれましたんで……」


すごいでしょ、このギャグ。道の向こう側の人は向こうで生まれ育ったんじゃないと住めない。この発想！　この飛躍！　この誇張！　この意外性！

これが志ん生ですよ。道路を非人間的に拡張した行政を風刺してるんだけどナマの怒りじゃない。お上のご威光を利用して、空気投げのように返す。これぞ滑稽世界の力。私、これ大好き。


「いや、十分に面白いです。でも、ズラして成功というテーマの答えにはなってないですね」

「あなたね。テニスのラリーのとき、相手の予想通りの球を打ち返すような選手はいないでしょ。大抵はコーナーぎりぎりに返すでしょう。それと同じで、〝会話というのはセンスの格闘技である〟と言われているように、は？　そんなこと言われていないって？　じゃますます結構だ。いま私が言ったのがオリジナル。オリジナル定義に出会ったんだから、あなたは幸運な人だ」

「それはありがたいことです。で、ズレる話はどうなりました？」

「解説すると野暮になりますが、相手が、世の中の多くの人が、あるいはメディアの人が、思いもつかぬ発想をするのが、表現者やクリエイターの妙味なんですよ。常にズレを考えているということです」

「うーん、わかったような、わからないような答えですね」

「そこですよ。1足す1は2、という正解のある世界じゃないんですから、文化の話は」

ズラしたことで成功した実例、を先方は知りたがっているのだが、私は評論家みたいに広く業界を見て来た人間ではないから、総論や一般論は言えない。

言えることは只ひとつ。自分の足跡をふり返ってみて、自分のスタイルや生き方がマスコミに関心を持ってもらえたのはおそらく、先方の予想や期待以上のものを発表し続けたからだろうと、思うだけだ。

グラフィック・デザイナー、イラストレーター、漫画家、戯《ざ》れ絵師、似顔絵師、装幀家、わりと最近では、エッセイスト、コラムニスト……。いろいろと言われて来た。それについてはこちらから注文は出さない。どう名付けるかは記者や編集者のセンスである。先方が私をどう見ているか、の問題であって、それによって、ははぁ彼は私をそう見ていたのか、ということが察知されて面白がっている。マスコミ側が準備している分野別の引出しの、どこに入れたらいいのか迷っているな、と思うと、どうだわかりにくい男だろうと、それを愉しんでいるところが、私にはある。

わかりやすいタイプ、というのがある。万人が万人共通して「イラストレーター」という括りに納めるタイプである。その時代の、〃時流に乗った仕事〃をするタイプ。私はそういう生き方を否定しているのではない。そういうシンボリックな存在が居てこそ、新興文化は市民権を得るからである。私はそういうパワーを持ってないというだけの話だ。

いつ、どこで曲がってしまったのかわからないけど、マスコミ側の引出しのどこにも入りたくないな、という性格は、かなり初期からあった。

さし絵の注文があると「さし絵らしくない絵」を描いた。

漫画の注文があると「漫画らしくない絵」を描いた。

是も否も含めて、いろいろな反応があった。

「現代の犯罪ドラマなのに、鼠小僧次郎吉の絵が来たのでビックリしましたよ」

「作家のコラムのさし絵に、あなたのオピニオンが書き込まれていたので、ちょっと困りましたよ」

「あなたに依頼すると、こちらで予想していたものに必ず何かオマケがついて来ますね」


そういう反応がしばしばあった。保守的な編集者はいささか迷惑そうに。奇異なものが好きな編集者は嬉しそうに。

依頼する側のイメージとはズラしたところに、自分の存在価値を示したかったのだ。確信犯である。大袈裟に言えば、どんな小さな仕事にも、そこにアイデンテティをこめたということである。


「いま、ご隠居は何を考えていたんですか?」

「なんで?」

「心、ここにあらず、という表情をしていたから……」

「当たり。日本文化論が書けそうだなと思ってた」

「どういう？」

「いろいろな人が日本文化を括って論にまとめてるじゃない。〝恥の文化〟〝縮みの文化〟〝行列の出来る文化〟とか」

「行列の出来る、は聞いたことがないですね」

「まだ無いけど、じきに誰かが書くんじゃないかな」

「話をしながら、脳は別のことを考えてるんですね」

「誰でもそういうことはやってるんじゃないかな。ただ私の場合はそれがひどい。〝分裂症〟でしょ、たぶん」

「〝老人性同時神経拡散症〟の方がふさわしい」

「嬉しそうに他人のビョーキの名称を考えるんじゃない」

「新しい文化論というと、どんな括りですか？」

「〝ズレの文化〟……。あまり売れそうもないけど。または、〝外《はず》しの文化〟でもいいし、〝崩《くず》しの文化〟でもいい」

「括るほど日常生活の中にありますかね」

「高倉健が亡くなった」

「お、ワープしましたね。ご隠居が得意の……」

「高倉健から発想した文化論、というと、あなたなら何を思いつきますか?」

「そうですねえ、〝アウトロー文化論〟〝禁欲文化論〟〝寡黙文化論〟〝不器用文化論〟……」

「最後のは、私の〝ヘタウマ文化論〟と重なりますね」

「ご隠居だと、高倉健のどの面《めん》から文化論をひっぱり出します?」

「〝時代おくれ文化論〟かなぁ……」


健さん主演の映画に出たことがある。

山口瞳原作の『居酒屋兆治』が映画化された(監督・降旗康男)。函館の大会社に勤めていた男が人事担当になり、仲間の首切り役をやらされる。情に厚い男はそれが厭で退職、会社のそばにオンボロな居酒屋をひらく。夜な夜な集まってくる客のひとりとして、山口さんに出演の依頼が来た。映画のポスターを描き、原作本の装幀をやったのが私だったから、山口さんは「山藤さんと一緒なら出る」というので付き合った。

そんな事情があって健さんとは三時間ほど同じセットに居た。多くの人が言う通り礼儀正しく、また役に同化しないと気の済まない人だから、やき鳥の串打ちも焼き方も見事なものだった。実際に健さんが、カメラが向いてない時にやき鳥の下拵《したごしら》えをしているところを見て、妙な感動をおぼえた。以上、多少の自慢話。

この映画の主題歌を健さんが唄っている。女房役で共演した加藤登紀子が作詞作曲した「時代おくれの酒場」である。

〽この街には　不似合な　時代おくれのこの酒場に～

この歌がいいの何のって。健さんの唄声がいいの何のって。〝男は時代おくれに限る〟と、このとき以来、私の男のダンディズムの一項にしっかり加わった。話を少し前に戻す。

一九六〇年代から七〇年代にかけては、日本の都会のさまざまな分野でサブカルチャーの花がひらいた時代である。

その偏西風にのって、イラストレーターとかデザイナーといった、実体を伴ってない職種が幅を利かせはじめた。独立して間もない私も名刺にイラストレーターと刷った。商売上その方が有利だったからである。古いタイプの有識者たちからは、テレビもコマーシャルもイラストレーションもうさんくさい目で見られた。しかし現実は〝文化は軽きに流れる〟潮流にのって行った。自ら名刺にイラストレーターと書きながら、私は片隅でズレを感じていたのである。

私の精神的、文化的本質は〝古いタイプ〟だったからだ。精神と職業名との間に乖離を感じていた。そんな私《わたくし》の悩みにウジウジしているひまはない。仕事が入ってくる。

決断した、わが内なる二項対立《アンビバレンツ》をそのまま表現しようと。かくして妙な「ヤマフジスタイル」を創り出した。結果オーライとの目が出た。〝若者が描いた絵にしては江戸趣味の味があり、年寄りが描いたにしては新しい感覚だ〟という評価を得て、一部の作家、一部の編集者に興味を持たれた。

「〝時代おくれ文化論〟って、何か面白そうですね」

「なんだ、まだお前さんそこに居たのか。いま脳の中は少し前のことを考えていたところだ。お帰りよ」

「いや、話はどこへ飛んでいくかわからないけど、それぞれに面白いのでもう少し側《そば》にいさせてもらいます」

「面白いかね?」

「ええ、いま私の興味は老人になりかけの人の脳の動きなんです。夢か現実《うつつ》かモウロウか。そうして話してくれるんで大いに勉強になります」

「腹が減ったな。何か注文しようか?」

「この店のカレーは評判ですよ。頼みましょう」

しばらくふたり、カレーライスを食う。沈黙。


「内田百閒という人、知ってますか?」

「名前だけは。どういう方なんです?」

「夏目漱石に私淑していた作家。とにかく変わっている人で、夢想と現実と思い込みで独自の作風を創った作家。エピソードがいろいろある。いま、カレーを食いながら思い出したんだ」

「ほう。どんなの?」

「新幹線に食堂車がついていた時代だから、だいぶ昔の話。百閒先生カレーを食べた。いくらだったか、当時としては相当に高価だった。同行していた者が、「先生、ふつうのカレーにしちゃ高いですね」と言った。「いや私はそうは思わん。これはふつうのカレーじゃない。時速二百キロで空中を飛んでいるカレーだ。そんな珍しいものがこの値段で食えるんだからちっとも高いとは思わん」。並の人の発想じゃないだろ」

「いいな、その視点。話が合いそうです」

「百閒先生、幼稚園児のとき、校庭をひとりでくわえ煙草で歩いていた。それを見咎めて先生が注意をした。すると百閒、「園内は禁煙」とどこにも書いてないじゃないですか、と言って平然としてくわえ煙草で歩いて行ったとさ……」

「面白い人ですねぇ。理屈はいちいち通ってる」

「私はそういう老人になりたいと、常々願っているのだが、凡人には無理だな」


相手はゆっくりと食べているので、その合い間にいろいろ考える。「ズレの文化」も「時代おくれの文化」も、私の言わんとしていることは通底している。

どちらも現代のようなセチ辛い、合理的で効率第一の時代にはない、豊かで粋な文化である。あわただしい時代と歩調の合った、ジャストフィットしてるものだけを評価して、少しズレたり少しおくれたものを軽視する傾向は人間を小さくする。


漱石、『草枕』の冒頭で曰く。

〈とかくに人の世は住みにくい。住みにくさが高じると、安い所へ引き越したくなる〉

漱石はそういうところで出会うのが芸術であると、喝破している。漱石の言う〈安い所〉とは、セチ辛い現実社会から離れた、〈パラダイス〉〈楽園〉、あるいは私の言う〈シェルター〉のことだろう。
百閒にとっての〈時速二百キロで飛ぶカレー〉も、〈幼稚園での喫煙〉も〈パラダイス〉だった。そのことをわかってくれた漱石を私淑していたのも、よく理解出来る。

「時代おくれ」について考察を深めてみようか――。「古い!!」と一言で片付けられてしまう日常言葉群こそが宝庫である。

「よんどころない」「ぞろっぺぇ」「まっつぐ」「おきゃん」「時分どき」「ごたくを並べる」「半どん」「追っつけ」「ビタ一文」「居候」「囲い者」「不如意」「まん真ん中」「いなせ」「ありがた山のほととぎす」「しめこの兎」……きりがない。

落語ファンなら、時代小説の好きな方なら、すべて耳に馴染んだ言葉である。そういう人にとっては「ついこの間まで使っていた」言葉である。

「ついこの間」というのが問題だ。われわれ八十歳近い人間の「ついこの間」は、昭和四十年くらいまでだろう。江戸時代に生まれてなくても、言葉は消費期限が長いから、庶民が大切にしようと思って使用すれば相当に持つはずの文化である。

「漢字検定」なんてのがあって、資格とりが好きな日本人には文化的に好ましい傾向だと思っている。そこで「江戸弁検定」をどこかでやってくれないかと思ってる。たとえば生徒が学校に遅刻した時の言い訳をなるべく古い言葉を用いて話せ、というテストをやる。

「いやぁ済まねぇ。学校へ向かってる道中に、よんどころねぇことに出っ食わしてさ、なに、子供が路地で火がついたように泣いてるんで、見ぬふりも出来ねぇから救急車呼んで乗せてやったてぇ始末でさ。友達？　ああツレか、ツレは追っつけ来るから案じねぇでいいよ」……。

この子は「江戸弁検定」でチャンピオン。


つまり、時代にぴったりというのは野暮の骨頂。時代とズレていたり、時代おくれの日本語が流暢に駆使できたら粋。

そういう教育システムを採り入れてくれる文科大臣が出て来ないかね。無理だろうなぁ、東京の人間は政治で偉くなろう、なんてやつは一匹も居ないからなぁ。

男Ａ「俺はナメクジがこわい。どっちが頭でどっちが尻かわからねぇ。歩いたあと光ってるのも気味が悪い」
男Ｂ「俺はアリがこわい。いつ見ても行列してやがるだろ。一匹くらい割り込むやつが居るだろうと見てるけど居ねぇんだよ。それで全員で虫を運んで穴ん中へ仕舞い込むんだ。中でどういう相談をしてるのかって」

男C「俺は蜘蛛だ。足がたくさんあって、一本一本が糸がこんがらがらねぇように自分の仕事してやがる。で、網に引っかかった虫は何でも食っちまう。ときどき糸が顔にひっかかるし」

これは落語の中で最もよく知られた「饅頭こわい」の前半の部分。オチは誰もが知っているよく出来た噺だ。数多くある噺の中で、これだけはある一点で極めて珍しい作品だと思う。その一点とは「自分のコンプレックスを告白している」ことだ。そこに私は〝現代性〟を感じる。落語に登場する人物達は、貧乏だろうと、無学だろうと、女にふられただろうと、何でもかんでもが自慢のタネになる。意地っ張りの江戸っ子同士の会話だから、相手に弱味を見せる場面はまず無い。大衆の娯楽だから、心の中を打ち明けるようなシリアスな会話はあまり好まれなかったのだろう。

時を経て、文学が勢いを得てくる時代になると、「私小説」というジャンルに大衆の関心が集まる。いままでのような大衆話芸や大衆演劇とは違う、もっと人間の懊悩や不幸や感動といった深いところに触れた作品によって考えさせられることを欲するようになる。おそらく大衆の精神レベルが教育の普及によって向上していった時期と重なるのだろう。

田山花袋の『蒲団』が代表するように、女に去られた男がいつまでも立ち上がれない、だらしない人間をきめ細かく描くような、普遍性のある作品が感動を与えた。

その頃よく言われたのが〝貧乏と病気と悪妻〟の三つが、私小説を構成する三大要素であって、幸せな人間は私小説を書くに値しない、という言葉だ。

そうした日本人特有の(いや外国もそうかな?)滑稽・平俗から深刻・難解の振り幅の広い、極端から極端の国民性を冷静に見つめて、文学の中心軸に立った作家が夏目漱石である。

漱石は、過度に情緒的に揺れ動く日本人文化に、どちらにも偏らない知性・理性を提示した。

漱石の成した業績の最大のものは、情緒に流され勝ちな日本人の感性に、全く別の〝理性〟というものの存在を作品によって示したことである。更に言えばその難事を学術的専門的に示したのではなく、大衆にわかりやすく、こころよく、伝わる表現力を持っていたところである。

「娯楽」でありながら「教養」

「感情」でありながら「哲学」

「批判」でありながら「話芸」

こんなパーフェクトな作家はふたりと居ない。かくも多面体の作家だから、「漱石論」はいつの時代でも、誰にでも書ける。無知無学の私でさえ、書きたくなるくらいだから……。


羅針盤を失った私の脳は、風向きにまかせて勝手に徘徊浮遊をしている。「ズレる」とか、「時代おくれ」とか、興味のあるキーワードにはときどき出会うのだが、気がつくと、その目的地に向かうことより、頭に浮かんでくるもろもろのことについて、思いついたことを勝手に語っている。注文のテーマに応じて文字を書くことを生業《なりわい》としている人間だったら失格である。

本職でなくてよかった。


私はいつもそうである。

何か書けと言われたら、何かを書く。ただし筋の運びとか、目的地をどこにしよう、ということは全く考えない。まず港を出る。

あとは脳の命ずるままに、思うこと感じることをグイグイと書いてゆく。正確さとか言葉を選ぶということはまるで意に介さない。ジャズの即興演奏と同じで、出たとこ勝負。こんな乱暴が許されるのは文筆業のアマチュアだからだ。

明治は遠くなりにけり

目の前を見ると、カレーを食い終わってコーヒーをすすっている男性が居る。誰だ、君は？

「端で拝見していたら、自分の世界に没入していらっしゃるようなので、覚醒するまで静かにお待ちしていましたよ」

「あ、そうか。あなたの質問に答えていたんだっけ。で、どんなことに答えたらいいの？」

「あんまり長いんで忘れちゃいましたよ。たしか、〝時代おくれ〟とか何とか言ってました」

「そうそう。〝時代おくれを恥じるな〟だった」

私が「週刊文春」のコラム〈手脳会談〉でやりたかったのが、まさにそれである。

いまどきの子供たち、若者たちは、驚くほど昔のことを知らない。かつて、アメリカ（を中心とする連合国）と戦争をしていたことすら知らない子が多い。無理もないのは、学校教育で教えてないからである。

現在《いま》はどうなっているかわからないけど、以前は日本の歴史を教える時は時系列でやった。縄文文化から始まって、飛鳥、奈良、平安、室町、安土桃山、……そうだ!!


春風亭昇太と林家たい平がラーメン屋に入った。カウンター越しにラーメンが出て来た。最初に昇太の方へ来たので、わり箸をとってひと口昇太がすすった。とたんに、

「アヂチ……桃山時代!」と叫んだ。

そのシャレを聞いてたい平、すっかり感心して勘定はたい平が払った。

この話、最近の名作として楽屋に伝わっている。


アヂチ、じゃなかった、安土桃山、江戸、明治。だいたいここらへんで歴史の時間は終わる。うまく行っても黒船来航、日本開国あたりだろう。

子供たちにとってはあまりに関係のない時代だ。テストのために「十七条憲法」だの「天下統一」だのの単語を覚えさせられるが、血が通っていない。

大正デモクラシーや大東亜戦争、集団疎開やGHQ、ラジオからテレビへの移行など、「ついこの間」の歴史についてはほとんど教えてない。

それもそうで、いま現役のほとんどの教師では、彼ら自身が体験してないのだからオミットするしかない。

何も年表に残るような出来事ばかりが歴史ではない。ぐっと身近な当時の庶民の暮しぶり、コメが食えなかった食糧事情、近所となりの付き合い、井戸端会議での情報交換、蚊帳とか火鉢とか路地とか、服のおさがりとか、ベーゴマ、かくれんぼ、といった〝近現代史〟的日常の話をしてやれば、子供たちは目を輝かして聞くだろうし、同時に、現在の豊かな物質社会を実感を持って学習するだろうと思う。

最も関心を持つべき、そして知っておくべき百年間ほどの〝近現代史〟の部分がポッカリ穴があいているのだ。

そういう子が会社へ就職して、いちばん困ったのが、電話がかかって来たとき受話器をどう持ってどう話したらいいのかさっぱりわからなかったことだと、三十歳の女性が言っていた。

物心がついた時にはパソコンとケータイ(いまはスマホというらしいが)の中で育った子にはオフィスの日々が恐怖の連続だろう。手を伸ばせば届くところにいる会社の仲間に、メールで「ランチイク?」などと送っている現状は憂うべき光景なのだが、それを注意すべき上司が三十五歳じゃねぇ……。

母国語《にほん》を駆使することが出来ず、かわりに電子語とマニュアル語とにわか仕込みの英語でしか自分を語れない人間ばかりになってゆく。

この憂うべき現象の責任の一端は、われわれ老人にもある。若者と同席したとき、自分の文化である言葉を発すると、「時代おくれ」「オヤジギャグ」「ズレてる」と嘲笑されるのを恐れているからだ。

人間と時代と言葉は三位一体である。老人は老人の、大人は大人の、若者は若者の言葉を話せばいいのである。〝言葉に貴賤なし〟だ。

我田引水すれば、週刊誌にコラムを書いている私の哲学は、「昔ことばの復権」に他ならない。

われわれ疎開児童世代は、共通の〝価値観〟を持っているから、老後の過ごし方は別々であっても話題が〝あの時代〟に戻れば、たちまち話は通じる。

「ひもじい、寒い、暗い」……、身体の芯で記憶したこの感覚は、江戸時代の庶民の暮しの体感と地続きである。したがって高齢者は落語世界にたちまち溶け込めるし、愛好者も多い。

落語のマクラに狂歌が使われる例がよくある。

ひもじさと　寒さと　恋をくらぶれば
　恥ずかしながら　ひもじさが先

なんのかんのと見栄を張ったところで人間、何が辛いと言って空腹より辛いことはない……とあからさまな欲望を吐露している狂歌だ。ふと思い出して口に出したら、なんだ、さっき私が言ったことと同じことを狂歌師が先に詠っているではないか。

人類の誕生と同じくらいの昔から、この三重苦を味わって来たということだ。思えば永いつき合いで、一種の同志、戦友のような友情を覚える。

時計を早廻しする。

現代の子供や若者たちは、この三重苦とは全く無縁の生活を送っている。対して日本中の何千万人かの高齢者たちには共通の〝シアワセ基点〟がある。「ひもじくない、寒くない、暗くない」だ。

ある時代（粗っぽくいえば一九六四年の東京オリンピックあたりか）までは国民が力を合わせて〝シアワセ基点〟に達しようと努力した。

だから旧世代の心の中には、この基点が赤い線でグイとひかれているのである。赤い線より下に落ちなければシアワセ、という価値観を共有しているのである。

そこから上は〝ゼイタクの空間〟である。

借家が前より少し広くなった。わが家に電話がついた。冷蔵庫や暖房機がついた。洗濯機が電気で回る。ちゃぶ台がテーブルになった……。

何というゼイタク。まるでアメリカ映画みたいな生活ではないか。「あたしたちがこんなハイカラな生活をしていいのかね。バチが当たりそうだ」……明治生まれの亡母がよくこんなことを言っていた。

また時計を早廻しする。

テレビを見る、新聞を見る(こういう書き方をすること自体、すでに旧人類だ。われわれの窺い知れぬインターネットというメディアが急発達している、らしい。私という人間にとってはこれ以上情報は不要なので全く無知無関心。目も向けない)。

そこに流される広告の、何という不必要さ。

生きてゆくために必要な欲望をはるかに超えて、快適さ、速さ、便利さ、美しさ(私には美しいと思えぬが)の欲望を掘り起こし、新製品を売りつけようとそそのかし、脅迫して来る。

私はツッコミを入れる。

「放っておくと口臭のもとになります！」↓お前の恋人は麻薬捜査犬か。

「カビ菌がいっぱいです！」↓カビだって繁殖する権利があるんだ。

「一晩寝てるとこんなに汗が！」↓体中の水分が抜けたら、そのときにゃ気がつくわい。

「小ジワが気になったらこのクリームで！」↓小ジワは消えたけど、大ジワがくっきりと。

「顕微鏡で見るとダニが十万匹」↓見えないものを顕微鏡で見ることたぁないんだよ。

「一週間で五キロ痩せました！」↓痩せたかったら簡単だ、食わなきゃ骨と皮になる。

「いまなら庖丁三本に電気釜をつけて一万円！」↓要らん、庖丁一本で事足りている。

「かゆいのは頭皮にカビが！」↓かゆいのは生きてる証拠だ。死体はかゆがらんぞ。


よそ。いつまで書いてもキリがない。ほとんどが不必要な物だ。のせられるのは確固たる〝シアワセ基点〟を持ってない連中だ。身の回りをモノと情報に囲まれていないと生きている実感を得られない気の毒な連中だ。

「モノは部屋を狭くし、ココロは人間を広くする」

「文化は過去に属し、文明は現在に属す」

「文明とは、人間を劣化させるシステムである」

「モノとココロはシーソーの両側に座る」

「人間はロボットに憧れ、ロボットは人間に近づこうと努力する」

ダンスが若者の心をとらえている。マイケル・ジャクソンの無機的な動きを世界中の若者が教祖としている。一方、ロボット開発者たちが考案した機械は、人間の感情までもとり入れようとしている。矛盾だ。

「スマホの出現によって、若者は紙の本から離れた。指先ひとつで得られる知識や文字は、またたく間に忘れる。手間をかけない知識は得ると同時に忘却するのである」

「最も確実なボケ防止は、脳を搾りに搾って記憶のひとしずくを得る作業である」


箴言はいくらでも出てくるが、言っていることは〈過去礼讃、未来絶望〉ばかりである。老人のノスタルジーと言われたらそれまでだ。でも、どんな人間でもいつかはそうなる。それのくり返しだ。

降る雪や　明治は遠く　なりにけり

唐突だが、この句が浮かんだ、いま。

浮かんだ以上、文字にせざるを得ない。私の構造は、脳が指令したものを、下僕《しもべ》である手が即刻文字にして紙に書く。そういう契約になっている。読んでくださる方はまずそのことを納得して頂くことになっている。

気取って現代風に言えば、「ワープ」もしくは「インスピレーション」(それほど現代風じゃないか?)ということで、まずお赦しを願いたい。

この形が、私の文体である。自然にそうなった。このスタイルの長所は、文体に血がドクドクと流れていることであり、リズムがあることだ。と、おだてて、乗せてくれたのが岩波書店の〝勇気あるトリオ〟なのである。

「文体が面白い。もっと続きが読みたくなる」と、これ以上ない褒め言葉をもらったので、たちまち調子に乗った。マジな話、クリエイターという人間は不遜に見えるが、内心いたって気が弱い。孤独である。

そのときに、傍からサポートしてくれる第三者がいないと、どっちへ向かって歩いていいのかわからない。

ピカソだろうと岡本太郎だろうと、表には出て来ないけど、背中を押してくれる人物が必ず居ると、私は思っている。

ひらめいたことをそのまま文字や絵にする。これはクリエイトの原点ではあるが、現実には、すべてがすべてうまくいくとは限らない。弱点もあるのである。最初に浮かんだ一行のフォローをどうするか、という問題だ。

降る雪や　明治は遠く　なりにけり

知らぬ人の居ない名句である。思わず書いてしまったが、さぁ次はどういう文章でフォローをしよう。いま困っている。

私の流儀でいけば、次は脳からの発信を待っていればいいのだが、今回はそれが遅れている。コラ、何か言え！

このままじゃ間があいて、気の短い客（読者）は帰っちゃうぞ。え、お前がつなげって？　俺は手だ。紙切りの林家正楽じゃないんだから、手のワザだけでつなぐのは無理だよ。

この句は言わずと知れた中村草田男の作だ。詠んだのは、おぼろげな記憶だけど、明治が終わってから二十年ほどもあとだった（隣の部屋へ行って『日本秀歌秀句の辞典』という本を調べればいいのだが、その五分間の中断でリズムが崩れてしまうので、記憶本位で続けます）。

草田男は、明治という四十五年の長い歳月をひと括りにして一句に乗せようと、ずっと考えていたと思う。それもたった一句で。まさに一期一会である。

でもこの二十年を寝かせておいた判断は正しかったと、小生素人ですが、深く良くわかる。明治という、日本の歴史の中でもすぐれて変化に富んだ時代、さまざまな面を持つ時代を過ごした多くの人々の感慨が〝ひとつの想い〟にまとまるには、やはり相応の時間が必要だった。二十年にはそういう意味があったのだ。発酵させて〝ひとつの想い〟という極上のワインになるのを草田男は待った。

世に俳人は多い。他の誰かに「明治」を詠まれてしまう、という心配も当然あったろう。一種の賭けだ。結果、草田男が勝った。

他の俳人も「明治が去った」という大ネタを手をこまねいて見てたわけじゃない、と思う。ただし大ネタ過ぎて、どの面をトリミングしたらいいか、随分悩んだと思う。

明治の後ろ姿を見送りながら、多くの俳人たちは〝ワタシの明治〟を詠みたかったに違いない。でも同時に〝ミンナの明治〟にしなければ秀句として世に残り得ない。他に先駆けて早く発表したいし、同時代人の感慨が〝ひとつの想い〟になるのを待たなければならないし……。みなさんジレンマに陥ったはずだ。結局、草田男ひとりが残った。

いや、不勉強の私が知らないだけで、明治を詠んだ句がいろいろあるのかも知れない。だとしたら詫びる。でも現実的には、明治を詠んだ名句といえば間違いなくこの句を挙げる人が多いだろう。私のイメージとしては、草田男が雪を見た瞬間、これだ！と思ったろう。雪というのは、天の神が考え出してくれた最高に〝平等なスプレー〟で、貧しい長屋も華麗な邸宅も均等に美しく仕上げてくれる。更に人の心を物思いの深い状態にしてくれる。景色も人心も現実離れさせてくれる魔法のワザである。いまだ！と思ったろう。

名句、秀句のすごいところは、他の季語では駄目だと思わせるところにある。

あけぼのや明治は遠くなりにけり、駄目でしょう。

山笑ふ明治は遠くなりにけり、駄目でしょう。

どんな季語でも合いそうに見えるけど、やっぱり「降る雪や」には敵わない。降参。

さて、これでフォローになったかな？　一応、冒頭の句から思ったことは書いたけど、説得力があったかどうか。え？　一応お前のイメージは面白く読んだけど、オチがないって？

あなたねえ、落語じゃないんだからオチを求めないでくださいよ。だから困るんだ、古い日本人は。とくに落語ファンはタチが良くない。

知ってますよ。〈起承転結〉と言うし、〈終り良ければすべて良し〉と言うし、〈飛ぶ鳥跡を濁さず〉とも言う。日本人は最後を大切にする美学があるってことは承知の助だ。え、どうしてもオチをつけろって？　仕方ない。


「旦那さま、鞍馬から牛若丸が出《い》でまして、その名を九郎判官、義経と……」

「ウ、義経？　仕方ない、弁慶にしておけ」

——落語「青菜」のオチ

私個人としてはこのオチは大変うまく考えられていて、好きなオチのひとつだと思っていたのだが、立川談志が、あれよりもう一歩つっ込んだ、いいオチを考えついたんだ。

「その名を九郎判官、義経と……」

「ウ、義経まで言っちゃったのか？　それじゃ、〝静《しずか》〟にしろ‼」

どうだ、こっちの方が深くて洒落てるだろ。章二さん、どっちが良いと思う？　と判定を求められたことがある。

いままでの方がシンプルで良いと思うよ。だいいちそこに静御前が出てくると、歴史にくわしくない人にはややこしくなるだけだもの。それにしても師匠はまだその年になっても、完成された古典を改良しようと考えているのかい？　俺は眠れなくなったときにはいつも落語のことを考えてる。「持ったが病」というやつで、四六時中落語のことを考えてるんだ。そのプロ意識は尊敬するけど所詮は大衆芸能だろ、そう難しく考えることたぁないと思うよ。それはごくふつうの人の意見でもっともだとは思う。でも俺ぁ若いうちにそのレベルに達しちゃったから、あと、やることが無くなっちゃったんだよ。だから完成した作品をそのまんまやってることに飽きちゃってるんだ。

そうか、それでどんどん自分流の落語を創ろうとして、「イリュージョン落語」なんて、わけのわからない世界に入って行こうとしてるんだ。偉いよ。見上げたもんだよ。浅草のスカイツリーだ。

という話をときどきやった。立川談志のことを私が尊敬するのはまさにそのチャレンジ精神なのだ。この辺でいいとするか、ということは彼の辞書にはない。自分の芸を破壊して、更なる新分野への実験をしていないと気が済まない男である。そこがピカソだ。

いま出た「イリュージョン」という世界は両刃の剣で、早く言えば不条理、非常識の領域。客が満足する芸より先へひとりで入って行く。孤立するリスクがある。

だからと言って脇から見ていて、もうお止《よ》しなさいよ、という忠告は出来ない。彼の話芸人生の目標地点であるから、行くところまで行くのを見守るしかないのだ。
と同時に、創造家のはしくれである私には、とても魅力のある生き方だと思っている。わかりやすく言えば、山の七合目あたりで営業をしていれば、客は大衆だから七合目あたりがいちばん快適なのである。商いとして考えれば、そこら辺で客を喜ばせている方がずっと楽だし、苦しみも少ない。なのに挑戦者談志は、孤立を恐れず更に頂上を目指して登り続ける。空気が薄いのに。

でも一流、超一流の表現者の精神は共通していて、話芸に限らず、文学でも美術でも音楽でも〝その気〟がない者はいないと思う。みんなと同じレベルに居たくないのである。損か得かという計算はない。それが表現者の業《ごう》であり、矜持だから。

誰が誰に話しているのか、はたまたひとり言なのか、わからなくなったけど、私の脳が命じた指令だからとりあえず書いた。
「ズレ」ということから話を転がしているうちに、どんどん広がって「ズレ」のことは忘れてしまった。

でも強引に結びつければ、芸人のこころざしと客の満足する芸とは、いままで説明してきたように、大きくズレているのである。この一例でも「ズレ」のテーマからは無関係ではない。

いま思いついた。モダン・ジャズにいっとき嵌《はま》っていた。一九五〇年代、「ジャズ喫茶」という店が方々にあった。ある時一軒の店に入った。不思議な音が流れている。

当時の主流は「スイングしなけりゃ意味ないね」というフレーズが示すように、聴いた瞬間、たちまち身体がリズムをとり細かく踊らずには居られないような「スイング・ジャズ」の音が好まれていた。そういう時代だから、その店に入った時も楽しいジャズが流れているつもりで入ったのに、全くスイングしたくない音が流れていたのだ。

店の奥の方には、その店自慢のコレクションが壮大に並んでいる。その中の一枚が、ジャケットの顔が客の方から見えるように立ててある。〈いまかけているレコードはこれですよ〉という見せ方で、どこの店もそのスタイルだった。「この、不思議な音を出しているのはどういうミュージシャンだろう」と思って手にとってみる。「セロニアス・モンク」とある。初めて聞く名前だ。裏のライナーノーツを読むと、〈異端のピアニストで前衛的ジャズを追求している。彼いわく、中途半端な音だけで曲を創りたい。多くのジャズマンが使う白鍵を使わないで、黒鍵だけで作曲したのがこの盤のジャズである〉とある。道理で身体がスイングしないわけだ。

ところが最初は愉快な音でなかったのが、慣れてくると、また彼の理論を知ると、だんだん馴染んで来た、という体験があった。

他のジャズマンが使わない黒鍵だけで出す〝中途半端な音〟というのが妙に気に入った。

いま考えると、セロニアス・モンクと立川談志には一脈通ずるところがある。エンターテイナーであることよりアーチストの血の方が強いのである。

その偏屈な哲学に、どこか共鳴している私が居る。「ズレは粋である」「ズラすのは孤立の道である」「わかるやつだけはわかる、それでいい」「真の創造者は、中心点の黒丸をわざと外すことに矜持を持つ」。

一般の方には理解しにくいロジックでしょうが、要は、彼らは一般人とは違う空間に居る生物なのです。ゆえに希少であり、語り継がれる存在なのです。

目の前に居る話し相手が、セロニアス・モンクの話には興味がなさそうにしていたが、妙にしっかりしている男で、さっきの話を憶えていた。

「で、草田男の句のオチはどうなりました？」

「まだ、話はシメてなかったっけ。はいはいシメます。明治は遠くなりにけりと詠むまでには二十年ほどの発酵させる時間があった。そして現代、昭和が終わって二十数年経つというのに、昭和への感慨を一句で詠んだ句が現れないでしょ」

「そう言えば聞いたことがないですね」

「何故だと思いますか？」

「うーん。ひと月ほど考えさせてください」

「だめ。卒業論文じゃないんだから、その場で自分の意見をとりあえず口に出す。それが男の会話の妙です」

「間違ったことを言うとご隠居はバカにするから」

「しない。即答をしないことはバカにするけど、間違いや思い違いを言ってもバカにはしない」

「政治が悪いから、じゃないですか？」

「正解に近いよ、それ。政治が経済のことばかりに心を奪われているから、民の方もカネカネと、損得ばかりに心が奪われて、文化の方にまでエネルギーが回らない。「文化国家」たらんとする哲学が全くない国と民になってしまった。

昭和は遠くなりにけり、なんて感慨を持つ心にならんのです。貧しい文化国家です。これから先、昭和を詠んだ名句なんて出て来ないと思う。降って来るのは雪じゃなくて、放射能の灰。揺れるのは心じゃなくて地面」

「オチは？」

「仕方ない。じゃ弁慶にしておけ！」

文章を書く儀式

いま、こうして文字を次から次と書き出している筆記具は、黒色水性のサインペンです。紙との当たりがやわらかいので長年にわたって愛用しています。

万年筆、あることはあるけど使っていません。あれを手にすると、なんか他所《よそ》行きの言葉になってしまい、私の文章じゃなくなってしまう。

思ったことをそのまま文字にする、という方法をとっている私には、フェルトペンのカジュアルな感じがとてもよく合うのです。コンビニで買えるのも都合が良い。

時刻は夜中の三時頃がいちばん捗《はかど》ります。

手ヘンに歩ム、と書いて「はかどる」。漢字というのはうまく出来てるなあ、と気がつくのは、こうして昔ながらに手書き原稿を書いている者の特権でしょう。パソコン派はこんなことに気が回らない。

文字は書かなきゃ駄目です。
どんどん日本人じゃなくなる。

絵の方の仕事を終え、テレビの時間が終わり、老妻が眠りについて、家の中にシーンという音が感じられるようになってからが、文字の世界に入って行ける時間だ。大したことを思索するわけじゃありませんが、机の上に原稿用紙、右手にフェルトペン、という形が出来上がると、あとは脳が何かを考えてくれるのを待つ。これがこのところの深夜の私の儀式です。

三時間ほども同じ姿勢をとっていると疲れてくる。目がかすんで来るし、肩がこり出す。で、一旦休憩ということになる。一般的には昼の三時がイップクどきですが、私のイップクどきは夜中の三時。

「どっこいしょ！」。体が老朽化しているので、椅子から立つにも、ソファに座るにもこのかけ声を発してしまう。

因みに私はたばこを好む。だからこのところの国をあげての嫌煙ムードには弱り果てている。「どっこいしょ！」と「たばこ」のふたつが、私の心身を支えている。「たばこ」はもうかくれ切支丹のようにこっそりと生き延びるしかないが、何かのはずみで「嫌どっこいしょ運動」なんてのが起きたらどうしようと心配している。「あの無意味なかけ声は見苦しい」とか「科学的な合理性が全くない旧弊な習慣である」と、誰かが言い始めたら、たちまち一色に染まる国民性だから、〝かけ声の自由〟が無くなる。

「どっこいしょ！」と「たばこ」に守られて、しばし休憩に入る。頭脳を冷却するためには無音と無映像である方が望ましいのに、不思議なことについテレビをつけてしまう。気分転換をするには、くだらなくて煩《うるさ》いだけのテレビがついている方がむしろ効果的なのだ。「雑情報依存症」だ。

夜中の三時半あたりは、ふだんは目にすることのない妙に良質の番組に当たることがある。ＮＨＫのドキュメンタリーだ。今夜はこれにつかまってしまった。

「世界で一番美しい瞬間《とき》」――。

フランスのモン・サン・ミッシェル。名前と城の形だけは知っていたが、もちろん行ったことはない。

かいつまんで説明する(すでに行ったことのある方は、この項飛ばしてください)。

フランス北部にある小島。小さな島に小さな礼拝堂が建てられている。ふだんは海の中に島と堂だけが浮かんでいるが、ある一定のリズムで干潮のために海の水が引き、対岸から人間が歩いて行けるのだ。その機会に渡るために世界中から観光客が何万人と集まる。ついさっきまで満々とした海だったところを、観光客は列をなして島まで歩いて渡ってゆく。

干潟にカメラが向くと、海草、虫、貝、小魚、それを海から狙う鳥たちが、予め準備をしていたように食物連鎖の行為を営む。いつ干潟になるか、いつ海水が押し寄せて元の海になるかを生物たちは知っている。それを知る人間も居る。

当地専門のガイドの爺さんだ。八十年この仕事をやっている。海の色と空の色と雲の流れから全てを判断して、観光客に「行け！」「戻れ！」を指示して生計を立てている。彼しか出来ない。

海、空、雲の色がほとんど同じ鉛色になる。その一瞬、礼拝堂だけが浮かび上がる。

「一生をこの美しい風景の中で終えることが出来るのだから、幸せな人生だ」と爺は言う。

たしかにこの場において〝生殺与奪〟の全権を担っているのだから、神であり、王である。彼の中では海の干満まで支配している神と同化しているのだろう。

三十分間見入って、ふーむと唸った。

海と干潟と丘を掌中にしている男が居たのか。鉛色の中の礼拝堂の美しさがしばしば現実を忘れさせてくれた。さすがＮＨＫ、いいことをやってくれるなあ。もう歩行困難の身だから、あの風景を見に行きたいという気にはならないが、わが家のソファに居るだけで、世界中の名所を、現地に行くよりつぶさに見せてくれるんだからテレビは有難い。

ふと、我に返る。あの爺さん、私と同じような年で、海と干潟と丘を掌中にしていた。じゃ私は何を掌中にしたのだ、七十八年かかって……。


休憩時間が終わって机の前の椅子に戻る。

机の上にはさきほどまで使っていた絵皿がある。ポスターカラーの塊が皿の端にこびりついている。それを溶かした水がある。両者の途中には半分溶かしたポスターカラーが半乾きになっている。

水が海で、塊が丘で、半分乾いた部分が干潟ではないか！

彼の地から見れば何百万分の一ほどの小さな絵皿の中だけど、すべての要素が揃っている。これを用いてどういう絵を表現するかは私の世界だ。されば私は神であり、王であり、干潟に遊ぶムツゴロウである。

人間の脳とは素晴らしいもので、モン・サン・ミッシェルも掌中の小さな絵皿も、意味合いとしては全く同じ地球の一部である——。

ドキュメンタリー番組を見て、ああ、老後はカネを貯めて夫婦で行って見たいなあ、と思うのは平凡な一般人の考えであり、そこから発想を飛ばして、絵皿の中にもモン・サン・ミッシエルがあるんだ！　と考えつくのも脳である。

私はこういう脳の使い方を常に考えているのである。脳の中で世界旅行をすれば、飛行機事故にも遭わないし口に合わない食事で閉口することもない。言葉だってペラペラだ。老後に何か趣味を見つけなきゃと、あせってカルチャーセンターのカタログを見る必要もない。……ということを他人《ひと》に教えてあげるのだが、納得してくれる人はまずいない。理由がよくわからない。

「あなたのコンプレックスは何ですか？」

「ひとつ伺って良いですか？」

心なしか相手は威儀を正して、笑顔も消して、草書じゃなくて楷書の口調で尋ねて来た。

「ご隠居さん、じゃなくて山藤さんのコンプレックスって何ですか？」

「いきなり胸元に剛速球を投げて来たね。危険球だ。私が審判なら退場を命じるよ」

「そうやって言葉で遊ばないで、答えてください。コンプレックス、おありでしょ？」

「はい、ございます。これこれこういうものですって、私が答えると思いますか？　だいたいあなたはコンプレックスって何だか知ってますか？」

「ええ、基礎的なことは。複合体のことだから、インフェリオリティ（劣等感）と、スペリオリティ（優越感）の二種類があるってことくらいは」

「ふつうの会話の中でその言葉、コンプレックスと言う時は、ほとんど劣等感の意味で使いますね」

「いま私が伺ってるのも、そっちの方です」

「コンプレックスってのは、その人間の核心中の核心部分ですよ。そんな大切な個人情報を、見ず知らずの、いや顔は良く知ってるけど、でもアカの他人だ。そんな人に告げると思いますか？」

「いや、思っていません。素直な人じゃないし、体のまわりにバリアを張りめぐらせている人だとは知っていますから。でもときどき、脳の使い方とか、生き方の哲学みたいなことを洩らしてくれることがあるので、何かヒントになることを話してくれるんじゃないかなと、淡い期待を持って伺ったんです」

「そう素直になって訊かれると、逆にストレートに答えたくなりますね」

「じゃ伺います。コンプレックスは？」

「〝無知〟なことです。何も知らない。知らないということにかけては、自慢じゃないけど、私の右に出る者は居ません」

無知は謙遜ではない。本当に知らない。言いかえれば「常識に汚されていない珍しい男」という正当化が出来る。知らなきゃ自分の力で考えるしか方法はない。

「嘘でしょ。〝物知り老人〟として、世の中の一部じゃ通ってますよ。嘘はいけません！」

あなたのコンプレックスは何ですか？

こう訊かれて、正直、ドキッとした。こういう質問はふつうはしない。大人同士の会話は常識的に心の核心部分にはふれないという約束を、暗黙のうちに取り交わしている。

漱石の『こころ』が生まれた明治の、書生っぽい時代には、青年期の若者たちが、「国」や「人生」や「恋愛」について、それこそ夜を徹して真剣に論じ合ったのだろうが、現代ではそういうことをしなくなった。日々の生活が慌ただしくなって、情報が異常に多くなって、その結果、目の前の現実を処理することに時間をとられて、観念や思考という〝無駄なこと〟は避けるようになったのだろう。

ついでに言うと、「経済効果」という言葉が私は嫌いなのだ。あるプランについて考えるとき、決定的なファクターとして「経済効果」が用いられる。

人が何十万人集まって、移動や宿泊や飲食関係に金を使う。それがこの町にとって活性化に役立つ、つまり経済効果はコレコレである、というまとめに用いられる。もちろん経済は大事な要素ではあるが、多種な業界の人がそれぞれの立場と価値観で是非を論じる場なのに、そういうのはいわゆるニギヤカシや余談であって、最終結論はほとんどが「経済効果」によって出されてしまうのが現実だろう。

そのプランには「文化効果」も「精神効果」も「外交効果」もあるはずなのに、それらはあくまでディスカッションの飾りであって、やがて落ちつく結論はやはり「経済効果」なのである。なんだかあからさまで〝さもしい〟と思う。

「そういう話もとても面白いと思うんですが、あなたご自身のコンプレックスは何ですか、という質問の答えにはなってないですね」

「〝無知〟と、さっき返事したはずです」

「それは聞いたけど、あまりにブッキラボーな返事なので、腑に落ちないんですよ。あなたはすべてにわたって〝韜晦的なスタンス〟で生きている方だから、〝無知〟という単語だけじゃ納得しかねます。説明してくださいな」

「私が韜晦的人間だということをご存知なら、実はコレコレだからそれがコンプレックスになっている、なんて正体を明かすわけがないでしょ。第一、こういう会話体で続けると紙数ばかり使うし、面倒くさくてかなわんのですよ」

「なら会話体は少し休んで、地の文章で、説明してください。私休んでますから。どうぞ」


地の文章で書けだと？　面倒くせえなあ。あんなにシツコイ男だとは知らなかった。わかってりゃ、カレーなんか食わないでお茶だけで別れときゃよかった。

と、迷惑そうに言ったけども、心の内では大いに感謝しているのである。私の話し相手になってくれて。

古い日本の男は妙にプライドが高いから、年をとってから話し相手がいなくて淋しい、とはまず言わない。対して高齢女性たちは、夫とは対照的に旧友や地域社会に新しい友達を見つけてたちまち馴染んでゆくことが出来る。男たちは、内心友達は欲しいのだが、女性のように器用に地域社会に溶け込めない。リアリストの女性に対してロマンチストの男性、ということが本質的にあるせいだ。

組織の中で相当な地位を獲得した男性ほど、野に放たれた時に、すべてが弱点になる。上の地位についた男ほど、世間に出た時、身の処し方がわからない。誰もチヤホヤしてくれない。昨日までの役員がとつぜん荒野の一匹の素浪人にと、状況が激変したのだから、それに慣れないのだ。

話し相手なんて先ず居ない。まれに居たとしても話の内容は通りいっぺんの世間話くらいだ。そして気がつけば、同時代人の、深い話が交わせる仲間がどんどん居なくなる。老人が最も好きな話題は、昔は苦労したけどよかった面白かった。対していまの若い連中は、もう種類が違う人間だから深い話など聞いてくれない――、というのが一般的な傾向だろう。

その点私は、めったにいない幸せ者である。いまでも若い人、若くはないけど年の近い人、時に女性、こういう人たちが話し相手になってくれるからだ。

それもマスコミの人が多い。彼らはおしなべて、話題が多い。好奇心がある。理性型も感性型もいる。時には娘のような若い世代も混ざる。

これが実に面白くて刺激になる。

理屈っぽい話題、冗談が主流になる話題、千変万化のミーティングになる。こういうのがつまり「文化効果」であり「精神効果」である。

かつては作家、寄稿家と編集者は、密接な人間的な関係を持っていた。互いに知識や感覚の交流があって成長していった。そういうのを横目に見ながら、さし絵や漫画家にはないなあと、うらやましく思っていた。いつかはそういうシステムを実現してやろうとひそかに思っていた。であるから、新しい企画の相談があった時はそれを私は条件にした。

作品を渡した、受け取った、というだけの関係でなく、私が出掛けて行くから、その時は必ず、担当者でも、手の空いている編集者でもいいからミーティング(実は世間話)させてくださいよと。

漫画やさし絵の人間で、そんなことを言い出した人間は居なかったから編集長は驚いた。

「編集スタッフはみんな自分の仕事があるから、そういうの難しいですよ」、つまりNOと言うのか、「面白いね。編集会議だと同質の人間ばかりだから全く異質の分野の人と語るのは悪くないと思うよ」、つまりYESと言うのかと、期待と不安が半ばで返事を待ったら、YESと答えてくれた。

〈ブラック・アングル〉の連載開始時の話だから、四十年ほど昔のことだ。

この提案、毎回うまく行ったわけではない。集まってくれた中には、ユーモアの感度がない人も居るし、逆に、こういう漫画はどうですかと、妙に立ち入ってくる人も居る。仮にそれがグッドアイデアであっても、当方の性格としてはそのまま絵にしたのでは沽券にかかわるから、家に帰ってもうひとひねりしなくてはならない。だからあまり漫画好きでもかえって迷惑なのですよ。先方の趣味もいろいろなら、こっちの素直でない性格もあって、有難いやら厄介やらで、でもまあ、面白い体験をしたと言っていいでしょう。

ひとつだけ例を挙げれば「世間話会議」でバカバカしいことで印象的な一日があった。一九八四年、当時は「トルコ風呂」が全盛で、業界はイケイケの風潮。中で「トルコ大使館」と店名をつけた店が出た。駐日のトルコ人から文句が来た。「わが国の名誉を傷つける行為につきトルコ風呂という名称を変更しろ」と。新聞にも出たニュース。この日の会議にはどういうわけか、編集長もデスクも参加して異様なまでの盛り上がりを見せた。「じゃ、こういう言い換えはどうだろう」と全員が参加してアイデアの出しっこ。出るわ出るわ。「泡屋」「裏湯」「ホッカホカ処」「亀の湯」「新赤線」「オスマン風呂」「ありんす国」「アダル湯《とう》」「洗っていいとも！」「コルト」「阿波倶楽部」「岡蒸気」「湯トピア」……。

誰かが名称を挙げると、そのたびにどっと笑い声がおきる。現実に使えそうなのから、その場の受け狙いまで、めいめいが好き勝手なネーミングを披瀝し合っている。世間からは一応インテリだとかジャーナリストと言われている連中が、見栄も外聞も忘れてただのスケベオヤジと化してのバカ大会だ。

私も参加しながら同時に観察していた(こういうタイプがいちばん嫌われますな、飲み会でひとりクールなやつ)。で、考えた。すぐ考えるんですよ、私というやつは。この状況は面白い、こんな面白い出来事を読者に伝えないのはジャーナリストとしては怠慢であると（いつの間にかジャーナリストの料簡になってる）。この知識層の男たちが、プライドもゆるめて、ベルトもゆるめてエロおやじになっている図は、私が伝えよう！　と思った。ふつうの発想なら、漫画作品に加工して、もう少し上品に、脂っ気も毒っ気も抜いて表現するのが真っ当なところだろうが、それじゃ落語「目黒のさんま」になっちゃう。

（解説）さる殿様が遠乗りを急にしたくなって、当時は田舎の目黒に出掛ける。折から百姓が昼飯に食べようと秋刀魚を焼いている。殿様にとっては下魚《げざかな》だから口にしたことがない。そこで生まれて初めて焼き立ての秋刀魚を食し、美味さに仰天する。途中をとばして、「魚河岸はいかん、秋刀魚は目黒に限る」……。

エロおやじたちの「アイデア会議」こそが、目黒であって、この熱気と臭気を加工してはいかん、ドキュメンタリーで行くべきだと思った。そこで名称をこっそりメモにとり、翌週の〈ブラック・アングル〉で描いた。連中の似顔もつけて。この号は受けた。参加者たちからは裏切られたといった体のクレームがあったが、もう出ちゃったものは仕方がない。私の勝ちである。

現代《いま》だったら大変だ。先ず社内のコンプライアンスが通してくれないし、セクハラ表現だし、「文春」や「新潮」が見逃さないだろう。万事にゆるやかだった佳き時代の話——。


「なんか、ひとりで楽しそうに考え込んでいましたね。邪魔をしてはいけないと思い、声をかけないでいたんですよ。コンプレックスの話はどうなりました?」

「あ、その話ね。私のコンプレックスは〝無知〟だと答えたはずだけど……」

「伺いました。でも何かしらのフォローがあるだろうと期待してたら、急に自分の世界へ入り込んじゃったので、覚醒するのを待ってたんですよ」

「あなたもシツコイ人だねえ。〈ヤマフジのコンプレックスは自身の無知であった〉という結論が出たんだからそれで十分じゃないか。後は聞き手のあなたの解釈に任せる。ヒントは出したんだから」

「あたしはいいんですよ。ご隠居の思考回路とか独特の詭弁論理をお持ちでいらっしゃることは、すでに承知していますから、おおよその見当はつくんですけど、読者にとっては不親切かな、と思いまして……」

「読者? あなたはこんな〝まとまりのない話〟を本にしようと思ってるんですか?」

「いや、最初からそんなつもりでオシャベリをしていたわけではないんですが、途中から所どころに面白い話が出て来るんで、ただのオシャベリで消えてしまうのは勿体ないな、と思い出したんですよ」

「会社に戻って、企画提案会議にかけても無駄骨だと思いますよ。本にするような背骨がないもの」

「太い背骨はないけれど、小骨は結構ありますよ。そういうのを集めれば、なんとかなるかも知れません。ほら、〈枯木も山のにぎわい〉と言いますから……」

「その諺はここではあまりふさわしくないけど」

「失礼。でも、こういう〝とりとめのない話〟って、活字にすると意外に面白い本になる場合も……」

「あのねぇ、あなたという人はとても感性も合うし知的な話も出来るし、とても評価してるんですよ。何より、こんな爺さんと長い時間つき合ってくれて厭な顔をしない。心の中で感謝していますよ」

「それはそれは。恐縮でございます」

「ただ、欲を言うと、ひとつ不満な点があるんですよ。言葉に関してズサンなところがある」

「は?」

「私はこんな〝まとまりのない話〟じゃ本にならんでしょうと言ったことに対して、あなたは、いや〝とりとめのない話〟は面白い本になるかも、とおっしゃった。似たような言葉だけど、それを一緒くたにする言葉の無神経さが気になるの」

「失礼しました。以後気をつけます」

「ことのついでにひとつ伺いますよ。〝おざなり〟と〝なおざり〟はどう違うかわかりますか?」

「考えてもいませんでした」

「あなたもそう若くない世代でしょ。われわれが相当頑張らないと、日本語がダメになりますよ」

「ご隠居は天職は絵描きでしょ。なんでそんなに言葉にナーバスなんですか?」

「これ、私のコンプレックスの話とつながってるの」

広告会社を無鉄砲にも辞めて独立した。

数年のブランクはあったものの、そう下積みの時代は長くなく、マスコミの仕事に足を踏み入れた。接触してくれた担当者がおそろしく物知りで、雑談を交わしながら、〝私の無知さ〟

を知り、がくぜんとした。

青春期に蓄積しておくべき基礎教養がまるで欠落していたのだ。絵を描いたり、アルバイトに時間を割いた青春期だから、ポッカリと無知な部分が出来てしまったのである。

とにかく何も知らない。衆議院と参議院の違いも知らない。円高と円安も知らない。読むべき本も全く読んでない。ガンモドキの裏表も知らない……。

仕事だけは入ってくる。

漫画家とはどんな社会現象に対しても一家言を持っていないと対応出来ない仕事である。最近はそうではなく〝オタク〟という生き方も認知される時代であるが、昔はとりあえず社会の事象に対して万能選手であることが職業柄必要だったのである。

〝無知〟は私が最初に出会ったコンプレックスだったのである。これは私の心に暗い影を落とした。

前にもふれたが、コンプレックスは専門的には二種あって、劣等感と優越感である。

「そこで武蔵は考えた」。これはかつて吉川英治の原作をラジオ放送したとき、徳川夢声という語りの名人がこの一節を朗読して、日本中で有名になった。

私は専ら話芸が雑知識の基礎になっている人間だから、生きる知恵やピンチの乗り切り方は、落語や講釈から吸収して来た。昔はこういう人が多かった。

「そこで俺は考えた」。劣等感を優越感にひっくり返す方法はないだろうかと。いままで自分を形づくって来た価値観を一夜のうちに天地ひっくり返すように変える手があった。それもすぐ近い過去に。そう、敗戦後の日本だ。

物心がついた頃から教え込まれていた「日本は神国」「国民は全て天皇の子」「一億玉砕」という軍国主義以外の選択肢はなかった国だ。

それが米軍(連合国)に負けた。老若男女、生存することが不可能と思ってたところへ、アメリカが食糧をくれ、自由をくれ、教育をくれた。抵抗を示す者も居たがまたたく間にアメリカナイズされ、こんなにも豊かで享楽的な生き方が許されていいのかと驚いた。

こういうてのひらを返すような国家単位の大変革を子供心に体験した。「国家豹変」していいのである。その方がいいのであると、知った。

歴史のある国家がてのひら返しの豹変を出来たのだから、俺のコンプレックスを転換させるなんて小さなことは出来るはずだ。「そこで俺は考えた」――。

〝無知〟ということは、〝非常識〟なことである。ということは〝みんなとは違う〟ということである。そのことは表現者としては神が与えてくれた長所と考えられる。

同業者の誰もがやらない〝非常識〟を逆手にとって、それで目立つ、という手があるのではないか。

「さし絵」の場で「さし絵らしくない絵」を描く。

「お洒落なイラスト」を求められた場で、「古老が描くような時代おくれの絵」を描く。

「大衆が期待する風刺漫画」の場で、アンチ大衆的な視点で風刺や個人的意見を描く。

こういうことが成功したら、〝無知〟という劣等感を逆に優越感に転換できる。その転換に気づいた時、大袈裟に言えばアイデンテティを発見したのである。

ごく大雑把に言えば、さきほどから相手がシツコク質問してくる「ヤマフジのコンプレックスとは何か」についての、これが解答になる。残念でした。ウジウジ悩んでいることを訊きたかったのだろうが、解答は逆に、劣等感を優越感に切り換えて、私の生業《なりわい》哲学を獲得した、という自慢話になってしまったのですよ。

「前に出された『自分史ときどき昭和史』とは、どこかが違う本を出したいと思っているのですが、ご本人はどういう違いがあると思ってますか?」

「前の本は駆け足で過去を辿って来た。主として〝自分の表現法〟を見つけて世に問うて、結果はそこそこに自分のポジションを見つけた、という話ですよね。七十七年間を凝縮して語ったので、プロセス・ストーリーの傾向が強く、やや、テクニカルな調子が強い本になったと思う。それと基本的に元気だった」

「いまも元気そうじゃないですか」

「それがそうでない。この一年でめっきり老人になったの。これは予想してたのより急速に実感している現状です。この変化は私の人生観や哲学にまで大きな影響をもたらした。そこを語ると、前の本とは趣の違う本になるやも知れない、と思っています」

「そこですよ。そこがいちばん伺いたかった。老いという、いわば新しい未知の境地に入られた時はバージン・スノー(新雪)を初体験なさるわけだから、いままでの延長線上というのではない思考が働くのでは、と勝手に思ってるんです。あえて私が〝ご隠居〟と呼んでいるのは、多分そう呼ぶと〝隠居の哲学〟という新しいジャンルを開けるんじゃないか、という気持があるからなんですよ」

「ご賢察の通り。頂上を目指して迷わずに元気な足取りで登っている時期を過ぎて、今度は下り坂を降りるのだから、余計にあたりを見回して、いろんなことを考えながら歩くのです。するとド下りには下りの物の見方があって、とても新鮮なんです。ただ、ご希望の〝隠居の哲学〟とはこれだ、と紙っぺら一枚で示せるような簡単なものじゃない。折にふれいろいろ考えが変わる。興味がおありなら、少しづつ話しますから、よかったらこのままつき合ってくださいよ」

その二

老いても忙し

「思いついた順にボソボソ話しますからね……」

この項は長くなりそうな予感がする。私にとっても読者にとっても迷惑な、悪い予感である。スラスラと書いたものを、読者はスラスラと読んで、「そうそう、私も同じことを感じていたんだよ」と、一、二カ所くらい共感してもらえば、筆者としては十分なのである。本と読者の関係は、それくらいのお互いに負担のかからない関係が理想的だと思っている。

筆者と読者が、互いに快い状態で、後をひかないで別れることが出来れば、それに越したことはない。それには、

一、文章の量は多過ぎない方がいい。

二、ブロックは一気に読めて、前後にアキがある方がいい。

三、表現は平易で、リズム感がある方がいい。
四、筆者読者は、同じような価値観、同じ呼吸数と同じ心拍数であることが望ましい。
五、読者は出来れば洒落や遊び心のある人が望ましい。

ヤマフジB「お前、いつまで同じようなことをくり返しているんだ。読者にそんなに注文をつけるんじゃないぞ」

ヤマフジA「悪かった。いや、サッサと書き出さなくちゃと思いながら、今回は筆が重くて。何を書くのかさっぱり決まらないんだ。で、そのためらいを読者に感じてもらうためにウジウジと、悩んでいた。やっぱり人間、年をとるとキレが悪くなるな。文章のキレと尿のキレ」

ヤマフジB「言い訳はもういいから早く筆をおろせ。お前はいつもその方法だろ。書き出せば勝手にしゃべり出すから、とりあえず筆を動かすんだ。そら！」

というようなやりとりが脳の中でありまして、手間どりました。では……。長くなりそうですが。

昭和二十年、私は三重県に疎開をしていた。東京はこの年の三月と五月に米軍の大空襲を受け、あらかた焼野原と化していた。

運よく命を落とさなかった人たちが、それぞれの家(のあった場所)へ戻って来た。とりあえずやったことは、もと居た場所にバラックをつくることだ。焦土の中から使えそうなもの、鉄の棒、トタン板、燃え残った木材などを拾い集めて、寝起き出来る〝城〟を確保した。

そこへ、三重県から、母に連れられて私は戻って来た。姉ふたりと兄、それに末っ子の私、家族全員が無事であることに母はとりあえず安心した。

が、安心もつかの間、母は子供たちに何かを食べさせなければならない。あの状況の中で、どこで、どうして工面したのか、麦と雑草と芋のツルというような物を集めてとりあえず口に入る雑炊を作ってくれた。焼けたトタン板の下で、一家四人はうずくまって過ごした。

いま考えても不思議なのは、遠縁に当たる千葉のお寺さんに私の身を預かってもらう約束を交わしたことだ。電話も郵便も、通信機能は全滅しているはずの時に、である。全てを超越した母性の本能としか考えようがない。

千葉県の内陸部、小高い山を背に、三方を畑に囲まれたところにその寺はあった。正面に本堂、右手に生活の場の母家が連なっている。住職だったご主人は若くして他界し、遺された女主人(私の母の義姉)と息子ふたりで寺を守っている。息子が実質上の住職を務めていたのだが兵役にとられたため、残された伯母さんと私のふたりの生活だった。伯母さんは全盲だった。

学校へは片道一里(約四キロ)。自分で作ったわらじ草履(はじめはうまく作れないで左右の大きさが違ったっけ)を履いて毎日せっせと通った。道は土のデコボコ道、バスは無し。たまに農夫が牛をひいて通る。荷車をひいているので一声かけて荷車に乗せてもらった。人の足より遅かったが、遅刻しても楽な方がいいのでゆっくりと行った。こう思い出しながら書いていても、夢のような田舎暮しだった。

平凡で静かな毎日だった。全盲の伯母さんと八歳の少年のふたり。子供の仕事といえば飼っていた牛の世話と広い庭の掃除くらい。失明している人は他の五感が鋭くなるとみえ、庭の音を聞いてはこう言った。「章坊、そろそろ庭は落葉でいっぱいだから掃除をしな。それと牛に草をやりな」。私の仕事はそのふたつだった。メシというか、何だかわからないものを三度腹に納めた。東京のバラックから行った身には、それすら有難く、ひもじさも、辛さも、淋しさも覚えたことはなかった。

近所の農家が檀家なので、ときどき野菜などのお供物が届き、その日の味噌汁は賑やかになった。週に一度くらい、湯を沸かした。大きな釜で足の当たる部分に板がない「五右衛門風呂」である。湯をたてると私が近所数軒に「今日はお湯があるから、どうぞ」と声をかける、すると各戸から五、六人が入りに来て、出ると「結構なお湯でした。ごちそうさまでした」と言って帰る。湯の礼が「ごちそうさま」ということをこのとき知った。

八月十五日、朝から近所の人が寺の庭に集まった。「玉音放送」がある日だ。当時各家庭にラジオが行き渡っていないので、みんな寺に聴きに来たのである。

「朕《ちん》、深く世界の大勢と帝国の現状とに鑑み、非常の措置を以て時局を収拾せむと……」

山の奥なので聴きとりにくいところもあったが、途中から泣き出す農夫が居て、多くの人はつられて泣いた。その場の光景はスチル写真のように私の脳裏にやきついている。放送が終わっても誰も動かなかった。

少しあと、内地勤務だった若い息子が帰って来て、僧侶の座についた。僧名だと他人みたいなので、タケオさんと、以後私は呼んでいる。タケオさんはどこからどこまでも立派な僧侶だった。全盲の母親の食事には付きっきりで面倒を見、かばうように風呂へ入れた。当時三十歳くらいなのに、貫禄と威厳と優しさで大僧正のような風格があった。朝、私が目覚めると、すでに仏前に座し、朗々たる声で読経している。のちに県の教育委員会に乞われ、地元の中高校の教師を務めた。そんな名僧と私は接していた。

毎朝の読経。「ナムカラタンノトラヤーヤー、ムコサトボーヤーオコサトボーヤー、モーコーキャールニキャーヤー……」。こういう音に聞こえた。もし私に向学心があったら、経典の意味や由来をじっくり聞く機会はいくらでもあったのに、その気が無かった。

孟子の賢母・孟母は、子供が寺院のそばに転居すると「葬式ごっこ」を、商店のそばに引越すと「商人《あきんど》ごっこ」をするので、学校のそばに転居してようやくほっとしたという話が「孟母三遷の教え」である。このデンでゆけば、寺のそばどころか、寺の中で生活をしたのだから、放っておいても仏心や人倫を習得すべきであるのに、勿体ないことに「馬の耳に念仏」だった。

それはともかく、戦中戦後のきびしい時代に、遠縁のガキ一匹を食べさせてくれた恩は、いまにして、しみじみと感謝している。御礼遅きに失して陳謝。

話をとばして、約四十年後。

私の絵の仕事が世に認められ、何かの賞を受けた。新聞でそのことを知ったタケオさんが家に寄ってくれた。「章ちゃんの名前や話が新聞に出てるのを見て嬉しかった。叔母さん(私の母)が生きてたらさぞ喜んだろうね。章ちゃんの仕事のことはあんまりよく知らないけど、記事を読むと、風刺とか毒絵とか、皮肉とか、そういうことで褒められているようだけど、あまり人のことをそういう目で見るのは、私は感心しない。人間というのはいろいろな面を持っていて、世渡りのために鬼にも仏にも道化にも馬鹿にもなる。俗世にある時はその場その場で使い分けるんです。でも私たちの仏教では悪い人は居ない。誰もが仏、と教えている。子供たちにもそう教えている。だから章ちゃんも、あまり人間の欠点ばかりを見つけてからかうのは、私は感心しませんね」と説教をされた。弱った。

私とて、タケオさんの言うように全員が「性悪説」であるとは思っていない。ただ、万止むを得ず鬼や悪魔になることで生計を立てる人も多い。その現世の役を降りるときは、みんな鬼や悪魔の仮面を外して「性、善なる人間」になってあの世に逝くのだろう。したがって私が戯れ絵の対象にするのは俗世に生存する間の人間を相手にしている。また、その表現が本質をついていると溜飲を下げる人も多い。そういう役目をする商売が漫画家や毒舌笑芸人や批評家で、いつの時代でもニーズがあるのですよ。と反論しようとしたけど、目の前の僧はあくまで背筋の伸びた、仏心を信じて来た名僧なので、理論的に説得するのは甚だ厄介と思えたので声に出さなかった。「はい」とだけ答えた。

冒頭で「話が長くなりますよ」と断わったのは、この先があるからです。

「坊さんには、漫画家の苦労がわかってないな」と心では思ったけど、言葉では返さなかった。どうせ住んで居る世界が、つまり人間観がまるで異なる者同士だから、「戯画」や「風刺絵」の効用や役目について、万言をついやしても深い理解はしてくれないだろうと思ったからだ。

ところが、自分が年齢を重ねてくると、絶対的に違う立場に居るはずの、いわば〝仏に近い心〟を持った僧侶と同じような人間観を持ちはじめていることに、ふと、自分で驚くことがあるのですよ。

簡単に言うと漫画家は「世情のあらで飯を食い」というのが長年にわたっての伝統的職業本

質であったのに、最近の私は「世情のあら」とか「俗物の言動」なんか、どうでもいいや、と感じることが多くなったのです。つまり高僧や仙人のような眼で世の中を見るようになって来たのです。これはヤバイことなのです。

駄目なんですよ、それじゃ。

私がとりあえずマスコミや一般読者から〝鋭い風刺〟とか〝しんらつな表現〟といったキャラクターを与えられて、どうやら商いを許されているのに、急にある日から「性善説」的になっちゃ世間が許してくれない。

大袈裟に言えば、存在理由《レーゾンデートル》がなくなっちゃう。天ぷら屋は天ぷらを出さなけりゃ。佃煮屋は佃煮を売り続けなきゃ、創業五十年ののれんは守れない、お客様はがっかりする。

そのことを頭では理解していながら、現実は着実に年齢を重ねるに従って、人間の見方、世の中の見方が若い頃とは変化してゆく。そういう生物としての自然な変化と、片や築き上げた営業方針とのギャップとを、どう折り合わせて、どちら側の顔も潰さずに生きてゆくか。深い悩みです。

名僧タケオさんの言葉がボディーブローのように効いてきている昨今です。

年をとったらもっとアイデンテティが確立して楽を出来ると思っていたのに、なかなかそうはさせてくれませんなあ……。

話はまだ続きますよ。

少し前、タケオさんから封書が来た。

「私も九十歳を過ぎました。いつお迎えが来てもおかしくない年です。ついては、はっきりしているうちに、章ちゃんと奥さんの「戒名」を考えました。それと「血脈《けちみゃく》」をお送りします。血脈とは、わかる限りの先祖の家系図です。万が一のときは、お寺の住職さんに渡してくれれば、いろいろ取り計らってくれますので、大切に保管しておいてください」

戒名は、一般に、立派なものだと百万円ほど。血脈は親類でないと作れない大切なもの、ということは知っているので、おそるおそる開いてみた。

大層な戒名である。でも覚え切れない。

血脈はこれまた凄い。ずーっと遡っていくと先祖は『古事記』に登場するような名前だ。これも、びっくりして恐縮して、覚えていない。

タケオさんのご厚情には感謝するけれど、毎日見えるところに飾っておくのは、一寸気がひける。

ま、しばらくは俗名で生きます。

原稿が岩波に渡っている間に事件があった。イスラム原理主義過激派（らしきもの）がフランスの風刺新聞社を襲った。預言者のイラストが偶像を禁じてる教えに反しているという理由だ。対象になったイラストを見ると私の感覚では侮辱でも何でもない絵だ。それでも教理に反する、というのだから話のステージが違い過ぎる。反射的に考えたのは日本仏教の経典だ。くわしくは知らないが経典の中にユーモアはない。「そうか、宗教とユーモアは相容れないのか」と気付いた。宗教は東西に関係なく俗な人間が禁欲的修行をして神や仏に近づくための道だから、極めて禁欲的《ストイック》である。その途中で〝笑う〟といった人間解放をしてはダメなのだ。うんと身近な例をいうと格言に〈百日の説法屁ひとつ〉がある。百日もっともらしい説教をきかされても、僧侶がひとつ屁をしたら有難味も尊敬もけし飛んでしまう。つまり精神を解放することは宗教にはタブーなのである。

このテーマ、重要なのでタケオさんに訊いてみよう……。

近頃の若いモンは……

ピラミッドの壁のどこかに、あるいはラスコーの壁画のどこかに、人類最古の文字が刻まれている。研究者が解読したら、「近頃の若い者は……」と書いてあった。というのはよく知られた笑い話である。

言うまでもないことだが、何十万年前から人類は、先輩から見ると若い連中には文句がある、ということ。いつの時代でも同じことのくり返しである。

人類に長年引き継がれた文化の先っぽのところに、いまわれわれ老人は存在しているのだから、〝伝統文化〟は大切に引き継がないといけない。

つまり人生の先輩から見ると、後輩たちのやっていることが未熟に見えて仕方がないのだ。だから先輩は必ず小言を言う。小言がちゃんと言えないような古老は先輩失格者である。

世の中を見渡していて、近頃、小言をきちんと言える「幸兵衛さん」が、あまり見られないように感じる。

現代の老人はおしなべて遠慮勝ちだ。

確かに現実は定年退職後の身、自分の老後のことで精一杯である。年金で生活させてもらっているから、若いみなさんのお邪魔にならないように、なるべくひっそりと老後を過ごします、というような感じが強い。

職人技が重要視される業界。手仕事の熟練とか勘が、最新機器ではどうにも追いつかないような「町工場独特のワザ」「外国人を驚かすような技術」が、まだまだ全国各地に残っている。ときどきテレビなんかで紹介されると、「どうだ、日本人は凄いだろう」と、誇らしく思う。和紙漉き、黄楊《つげ》の櫛《くし》、扇子や提灯の竹細工、時には人工衛星のある部品などは、あい変わらずベテラン技術者の指先に勝る機器が開発されていない。

こういう特別な現場では、老人がまだまだ尊敬されている。「腕に職をつけろ」はまだ生きている。

以前見学した「浮世絵版画復刻研究所」もそのひとつだった。ご存知の通り木版画は、絵を描く人（線描き）、彫る人（十分の一ミリまで彫刻刀で彫り起こす）、そして刷り師（色をつける）の三人のプロによる合作である。

私が見学したのは「広重の東海道五十三次」の復刻版の、刷り師の工房だった。ベテランが若手に刷りのコツを教えているところだった。

「そうじゃない。富士山の上の方の空の色は、そんなにドギツイ色にしたら富士が死んじゃうだろ。こう、刷毛《はけ》の先に少し色をつけたら、筆のほんの端の方に水をつけて、版木の上でスーっと伸ばすんだよ。水は少々で、それを刷毛であるかなしかの色にボカすんだ。私のやっているのをじっと見てそのコツを感じとらなきゃダメだよ。ほら、こうして……」

ベテランが刷ると十枚が十枚、同じ調子でボカシがうまく行くのだが、若い手にかかると、どうしても赤がどぎつい〝空〟になってしまう。私が見ても、これじゃ外国人向けのお土産浮世絵にしかならない。

難しい問題だなと思った。浮世絵を知りつくしたベテランと、最近の若者の色彩に関するセンスがまるで違うのである。この伝承には時間がかかりそうだ。

ふと隣のコーナーを見ると、ここでは「写楽の役者絵」の復刻版を刷っている。「広重の富士」よりはだいぶこちらの方がやさしそうだ。何より写楽の役者絵は、顔面の迫力が生命線だから、ボカシの重要性はあまり気にならない。したがってベテランの小言もあまり飛ばない。

「えー、江戸時代の芝居といいますと、娯楽の王様でございますから、あしたはお芝居に行くとなると、大変なさわぎでございましてな。ましてや大店《おおだな》の娘さんが出かける日にゃ店中が支度の手伝いで大変でした。『仮名手本忠臣蔵』なんてのは「大序」から「討ち入り」まで演《や》るとなると、長いお芝居でございます。当時はいまのように電気の明かりなんかありませんから、朝は夜が明けるや否や始まって、夜は遅くまで百目ろうそくの灯りですから大変な騒ぎです。

お嬢さんの方は前の日から、お召し物をどうするかというんで、母親から女中頭までが、あだこうだと相談を重ねたり、出入りの鳶《とび》の親方を呼んで、あしたの娘の送り迎えの警護を頼んだりと大騒ぎ。髪結いも呼んでおぐしをきれいにして簪《かんざし》を選んだり産毛《うぶげ》を剃ったりで、とてもその夜は眠れない。徹夜して、赤い目をこすりながら日の出の前に家をお出になる。芝居に出る役者より疲れているという……。

そこへいきますとわれわれの寄席の方は至って安直で、以前は一町内に一軒あったと言われるくらいですから、ごく手軽で、そば屋をちょいと大きくしたくらいの小屋で、お客様の方だって気楽なもんです。「おい、ちょっと寄席に行ってくらぁ」「じゃ、着物を着換えて行った方が」「いいんだよ着物なんか。どうせ向こうへ行ったら壁にもたれて寝ちまうんだから、寝間着でいいよ」……」

「ご隠居！　何をひとりでぶつぶつ言ってるんです?」

「あ、お前さんか。いや、ね。〈近頃の若いモンは物を知らないね〉って話をしようと思って、どういう譬《たとえ》を話したらいいかと考えていたら、芝居や落語のことを若いコはまるで知らない、ってことを言うのがいちばんだなと思っていたら、自然と自分の穴の中に入り込んでしまった。失敬、失敬。ところでお前さん、古川柳なんかに関心はおありか?」

「ええ、好きですよ。大学で国文を齧《かじ》ったことがあるんで多少は……」

「ほう、齧ったのか。それはお見それしました」

「いえ、いろいろ齧ってみるんですが、皮が固いんであきらめて次のを齧る。で、ものにならない……」

「それじゃネズミだよ。ちなみに、どんな古川柳がお好みか、挙げてみてくださいな」

「なんだか、センスを調べられてるようでこわいな。

〈弁慶と小町は馬鹿だなあ嬶《かか》ァ〉

〈母の名は親仁《おやじ》の腕にしなびて居〉

〈泣き泣きもよい方をとる形見わけ〉

〈二人とも帯をしやれと大家いひ〉

〈仲人は小姑《こじゅうと》一人殺すなり〉

〈汝《なんじ》らは何を笑ふと隠居の屁〉

……とっさに出てくるのはこんなところで」

「結構、結構。大したもんです。いずれも名作、かつ、落語テイストで、私も好きな句ですよ。いまどき、好きな古川柳はと訊かれて、こういう句を挙げられる人は滅多に居ませんよ。いやお見それしました」

「面接を通ったのは嬉しいけど、なんで古川柳の話になったんです？」

「〈近頃の若いモンは物を知らない〉という話をしようと思っていたら、回り道の方が話が面白くなったんで、つい……」


「近頃の若いモンは物を知らない」。これは日本中の老人たちの誰もが抱く思いだろう。いちばん困るのは若い人たちと会話をするときである。話が弾んで来たとき、老人側がうっかり、というよりごく自然にだが、「諺」や「格言」、「カルタ」や「有名なせりふ」といったものをつい口に出す。会話の潤滑油のつもりで何気なく声に出してしまうので、別に知識自慢をやろうという気ではないのに、その途端、若者たちはのって来ないで、シーンとなってしまう。日本人なら誰もが知っているはずのことを知らないのである。

「鞍馬天狗」を知らない。「石川五右衛門」を知らない。「忠臣蔵」を知らない。「白浪五人男」を知らない。「国定忠治」を知らない。「湯島の白梅、お蔦《つた》・主税《ちから》、真砂《まさご》町の先生」を知らない。「貫一お宮」を知らない。「真田《さなだ》十勇士、猿飛佐助、三好清海入道、霧隠才蔵」を知らない。「玄冶店《げんやだな》」「不如帰《ほととぎす》」「無法松の一生」を知らない。知らない知らない、なーんにも知らない。

驚くのは、そういうことを知らない、ということを、恥ずかしい、と思わないことだ。われわれ世代にとっては、当然みんなが〝基礎雑学〟として身体に染《し》みつけているべき文化を、ひとり知らないということは、世間話も出来ない、世の中を渡ってゆけないというくらいの意味を持つ。つまりジョーシキなのだ。

ヤマフジAが得意になって自論を展開しているところに、クールな男、ヤマフジBが割って入ってきた。さいぜんから現実のテーブル越しで話し相手になっている男とは別の、脳内の同居人だから少々ややこしい。

ヤマフジB「お前がいくらそうやって例を挙げて、若者はものを知らないと嘆いたところで、若者はまったく痛痒を感じないぞ。なぜならそういう趣味を持たないし、また、知らないことで損をしたということもない。時代はどんどん変わっているのだ」

ヤマフジA「理屈はわかる。その通りだよ。ただし、理屈に負けて老人たちが尻尾を巻いて引っ込んじゃいけない、と思うわけ。例えば「忠臣蔵」。昔から芝居にかけると、必ず大当たりする狂言だった。それほど古い日本人に刷り込まれたDNA的感情だった。ところが去年の十二月十四日。四十七士が吉良邸に討ち入りをした日だ。こんな日本人なら忘れちゃいけない日だというのに、マスコミはまったく触れないで〝総選挙の投票日〟一色だ。あんな結果の見えた選挙に誰が関心を持つものか」

ヤマフジB「結果が見えているという点じゃ「忠臣蔵」も一緒だ。見事に吉良の首をとって泉岳寺まで引き揚げた。日本人なら誰でも知ってる」

ヤマフジA「うめえな、その切り返しは。どっちも結果はみんな知ってる、か。投票率、低かったな」

ヤマフジB「おや、テーマをすり変えたな。対論で、風向きが不利だなと思ったとき、とつぜんテーマを別の方向に持って行ったり、情緒を持ち込んだりするのは、負け組の常套手段だぞ」……。

負け組か。たしかに「AとB」が論争するときは、Bの方が論理的なだけにAは負けることが多い。

これが、現実に他人との対論だったら、うまくすり変えられることもあるけど、脳内の対論では互いに心を読んでいるだけに、情緒派のAが負けるようになる。

今回の「忠臣蔵」論争はその典型だ。いくら三百年ほどの長きにわたって日本人の人気に支えられて来た物語でも、骨格は武士道という過去の日本男児のモラルや美意識を中心とする演《だ》し物であるから、賞味期限的には「昭和」までだろう。

そのことを象徴するような出来事が起きている。大石内蔵助以下四十七士の墓がある高輪泉岳寺のすぐ隣に、いま、マンションが建てられている。当然、泉岳寺と地元住民側は反対を示した。「伝統と歴史の泉岳寺の景観を損ねる建造物に断固反対！」というわけで、大きな看板や幟《のぼり》を立てて頑張っている。その記事を新聞で見つけたとき、「ヤマフジAとBの戦い」だなと連想して可笑しくなった。情緒と合理性だ。

皮肉な話がそれに加わる。

山手線では品川駅と田町駅の間隔がいちばん長い、たしか二、三キロくらいあって、前から話題になっていた。そこに新駅をつくろう、という動きが加わった。「品川駅周辺の再開発」という国交省主体の運動だ。

一等地中の一等地だから、マスコミで発表になる頃にはとっくに利権争いは決着しているはずだ。そんなことは一般庶民には関係のないことだけど、ひとつだけ気になることがある。新駅の名称だ。ふつうに役人的発想で行けば、「泉岳寺」が最寄りの名所だからそうなるだろう。一応一般からの提案も募集中という形をとっているが、多分「泉岳寺」駅になるだろう。

私は、個人的には、「芝浜」と行きたいところだ。

「芝浜」は落語の人情噺の名作である。

蛇足ながら言えば、商いに出たがらない魚屋に業を煮やした女房が、無理矢理に朝早く、市に行っとくれと亭主を追い出す。不承不承出かけた魚勝が、浜で拾ったのが大金の入った財布。誰でも知ってる噺だ。その拾った浜がすぐそば、いまはモノレールの下になっている。円朝作の芝浜の舞台になった浜、という石碑がいまでも近くに残っている。

山手線の駅名に、落語の演目が採用されれば粋じゃないですか。ちなみにそういう関連で行けば、「目黒のさんま」「品川心中」「高田馬場」が既存する。

ちなみのちなみにひとつ。

「泉岳寺、新本堂修復記念」というのがあって、寄進すると玉垣(石の碑)を建てられます、というキャンペーンがあった。二十年くらい前かな。面白そうなので一基、申し込んだ。「高輪・山藤章二」と刻まれた玉垣がどこかに建ってますから、参詣のついでに探してみてください。

おのおの方(NHK大河ドラマ「赤穂浪士」で長谷川一夫の言った名台詞で有名になってみんな真似をした)、よろしく……。

輪ゴム

女性ばかりが七、八人、男性は私ひとり、という状況である。ざっと見て平均年齢は四十くらいか。

流行の「女子飲み会」のゲストに招《よ》ばれたわけではないし、「高齢者出会いパーティー」を、のぞいてみたわけでもない。もうそんな元気はない。

早い話が、ある座談会があり、それが終わり、ゲストは帰り、関わった編集者や速記者、撮影者たちが、あと片付けをするので居残った、というだけの話である。それにしてもこういう編集業界だけを見ても、女性の社会進出はこのところ目ざましい。安倍首相の政策目標の中で、唯一私が賛同している女性の活躍は、少しづつ実現しているようだ。

座談会の余韻からか、全員の口が軽くなってる気配がある。話題があっちこっちに跳んだあと、ひとつのテーマにまとまって来た。

「男性のオシャレ」である。

弱ったなぁ、と思った。男は私ひとりだから、どういう展開にしろ、話をふられると思ったからだ。全く関心が無いテーマだ。関心も興味も知識も、情報を知りたいという気持もまるで無い。私の価値観ランキングで言えば、存在すらしていない。

それほど強く無視していること自体が、ひとつの哲学と言えるのだが、それについて語るのは面倒である。いまのこの場は軽いオシャベリの場であるから、私の哲学を披瀝するにはふさわしくない。ということがすぐわかる感受性の持主だから、私という人間は疲れるのである。鈍い人がうらやましい。

そもそも哲学なんて大仰な言葉を持ち出すまでもない簡単な話だ。私はきらいなのだ。男がオシャレとか、見た目とか、持ち物に神経を遣っている精神が。「ンなことに気を遣っている男はロクなもんじゃねぇ!!」――この一言が私の〝男論〟なのである。

すると、脳の片隅からこんな声が聞こえる。

「威勢のいいことを言ってるけど、お前だって三十年ほど前に、〈ベストドレッサー賞〉なんてものをもらったとき、嬉しそうにパーティ用に、アルマーニのスーツを仕立てていたじゃね

「あ、そんなこともあったな。古い話だ忘れてくれ。確かにそんなこともアルマーニ。若気のイタリーだ」

わけのわからないダジャレで過去の、恥の歴史を黒板消しで拭い去った。老人には老人の美学があるのだ。

女性たちの会話は、「男のオシャレ」で花が咲いている。

「オヤジたちはいいのよ、オシャレに気を遣っても。髪の毛がうすくなったり、腹が出て来たのをカネでごまかそうっていうのは作戦としてはわかる」

「そう、カネを遣える男はどんどん遣ってもらわないと、日本の経済が滞るからね」

「その点、若い男たちは小ざっぱりした安物の方がカッコイイよね。この間居たんだよ、若いくせにロレックスの腕時計をピラピラ見せてるバカが。またそういうのに寄っていく女も女だけどさ」

「でもさ、頭も悪くて顔もブサイクで、親が小遣いをたくさんくれる男だったら、結局セールスポイントはカネしかないんじゃないの」

「女の芸能人で、これといって才能がなくて、気がついたらいい年になっていた、なんてのがよくくっつくのが……」

「青年実業家。何の商売かわからないやつ」

聞いていて感心した。みんな正論である。

カネ持ちオヤジでもバカな若者でもない私は、彼女らから見たら、からかいの対象外なので安心して笑っていた。するとひとりが、私の存在に気づいた。イヤな予感がした。

「先生、小道具なんか凝る方ですか?」

「凝ってますよ。私の財布なんか、そんじょそこらで見かけるような物じゃない。逸品です」

「ワニの革とか?」

「そんな通俗的な財布を私が使ってると思いますか? いまお見せしましょう」

おもむろにポケットから取り出して机の上に置いた。

十枚ほどの紙幣を裸で二つ折にして、輪ゴムでとめただけのうすい札束である。

「ワーッ!!」「すごい!!」「はじめて見た!!」「魚河岸のセリ市で見たことあるけど!!」「いまでもこういう人、居るんだ!!」「触っても伝染《うつ》りませんか?」(俺はウイルスか!)

受けたの何のって。

いままで、話や動作でこんなにギャラリーを沸かせたことはない。彼女らが持っていた「財布」のイメージを完全にひっくり返してやったのだ。快感である。

何十年もこれである。妻や娘が、見るに見かねてちゃんとした財布をくれたことはあるが、全く使わない。

この輪ゴム財布の効用は、たくさんある。

タクシー料金を払うとき、暗い中で札の種類を間違えることがない。重くない。ポケットがふくらまない。手がふさがっているときでもレジのおねえさんに、ここから一万円札とってと、言えば明快にやってくれる。長所ばかりだ。

カードはいっさい使わないから、カードポケットでふくらんだ重い財布を持つ必要がない。病院の診察券は輪ゴムに刺し込んでおけばすぐ出せる。コインはポケットにジャラジャラ入れておく。問題なし。

園山俊二という大好きだった漫画家の『ギャートルズ』の世界では、石の重い重いお金を、棒に刺して歩いていた。あれから人間は知恵を絞って紙幣をつくった。飛躍的に便利になった。ここまでで十分ではないか。私にはこれで十分と思われる。

その後、カードやら、電子マネーやらと、〝意味のない進化〟を続行しているらしいが、それによって人類がシアワセになった、という話は聞いたことがない。

それどころか、悪知恵を誘発して、めまぐるしく見えざる犯罪を生み出している。『ギャートルズ』の時代まで戻れと言われても困るが（体力がなくなったので）「そろそろこの辺で停止しようじゃないか」という理性を働かせたほうがよろしいのではないか……と易しく説いて聞かせたが、まわりの女性たちはポカンとしていた〈女子と現代人とは養い難し〉。

「時代」がくれたもの

「朝まで生テレビ！」は、ほぼ欠かさずに観ている。放送開始当初はもっと長時間、文字通り本当の朝になるまでやっていたはずだ。それがだんだんに短縮して、いまでは明け方の五時の手前で終わっている。

ま、無理もない。田原総一朗も八十歳を越えたあたりだろうから、完徹したらボロボロになる。それと、いつも思うことだが、出演者が多すぎる。十数人は多い。引っ込み思案の人、熟考タイプの人はほとんど映らない。討論を深めるのなら、両陣営とも四人づつくらいにした方が多分いい。もっとも、何人出ていようとも、田原総一朗が割り込んでくるのだから同じだが。

ふと、昔はこの番組で野坂昭如が活躍していたっけ、と想う。どんなテーマの時でも、独自の視点で、早口でわかりにくい口調で話し出すと、つい耳を傾けてしまう、不思議な論客で、テレビ的だなぁと眺めていた。

どういうテーマの時だったか忘れたけど、こういう場面があった。会場《スタジオ》に参加していた客のひとりが、大学生とおぼしき男性だったが、マイクに向かってこう発言した。

「僕は野坂さんのファンで、作品やご発言には強い関心を持っている者です。野坂さんはよく、最近の学生は政治に無関心で何も活動をしないのが物足りないとおっしゃいます。オレたち世代は食う物も、発言の自由もなかったから、不満エネルギーをいつも爆発させていた、ともおっしゃいます。そういうのを聞いていて、〝野坂さん世代がとてもうらやましい〟と思うんですよ。何かというと、オレたちは戦争をくぐり抜けて来たんだ、戦後を知ってるんだと、〝自分たちの基点〟を持っているからです。僕ら世代にはそれに見合うような〝不満の基点〟がないから、共闘とか団結するのが難しいんですよ。今日のテーマに直接関係ないことだけど、いちど野坂さんに会ったら伝えたかったので……、失礼しました!!」

聞いていて私は、この若者は立派だと思った。若者の多くがたぶんこれに近いことを思っているのだろうと感じさせるスジの通った意見である。ふだんだったらたちまち反論のパンチを繰り出す野坂昭如も、黙ってうなずきながら聞いていた。

野坂昭如についての補足説明(時が経ったので、ひょっとしたらノサカを知らない人も多いのではと思って、「ウィキペディア」的でない、個人的紹介です)。

うんと遡ると、野坂昭如出現の前に、ご尊父がまず有名だった。新潟県副知事・野坂相如《すけゆき》さん、という紹介があって、ＮＨＫのラジオによく出ていたからだ。政治家や役人がタレントとして娯楽番組に出るなんてことは無かった時代だからハシリである。そして昭和三十年代、出版各社がこぞって週刊誌を出した。当然書き手をたくさん必要とした。埋もれていた才能が続々と地表に出て来た。いまは無くなったが「週刊公論」（当時の中央公論社発行）もそのひとつ。ノサカコラムが載った。その異色ぶりに世間が刮目《かつもく》した。〈夜のアベックはこう覗け〉だとか、〈女便所の中で彼女らはこう拭いている〉だとか、正確ではないけど、その類の、いままで誰も手をつけなかった分野を次から次と発掘して行ったのが野坂昭如。類似品が出るのはマスコミの常、各誌がそれを試みたが、パイオニア・ノサカほどの筆力も眼力もないものが多く惨憺たる結果に終わって行った。

当然、全盛だった月刊の小説雑誌も注目する。「小説現代」だったか、「変った種族研究」というグラビアとインタビューがセットの頁があり、吉行淳之介が目をつけた隠花植物系の人物が登場する。〈黒メガネのコラムニスト〉ノサカも招《よ》ばれた。崇拝する吉行淳之介と対面する緊張から、ベロベロに酔って黒メガネでのり込んだ。

私の想像だが、彼はマスコミ用の〝自己演出〟を考えた。本性はテレ屋でナイーブな自分が、世の中に強くアピールするにはさまざまな小道具《インパクト》が必要だ。「黒メガネ」と「泥酔」と「問題発言」の三点セットが必携と心得た。

テレビの中で「女性は人間ではない。選挙権を与えるな」と発言した。真剣に怒る人より、面白がる人の方が多かった。時代がいまより鷹揚《おうよう》だった。

雑誌「面白半分」で特別編集長をやったことがある。そこで永井荷風作と噂されていた『四畳半襖《ふすま》の下張』を全文無修正で掲載した。警視庁がワイセツ図画《とが》の公開だと反応。裁判沙汰になった。後年の性表現実質的公開の議論へのターニングポイントとなる事件だった。

テレビコマーシャルに出演して踊りかつ唄った。下手だったが今はやりのギクシャクした無機質ダンスの尖兵である。

小沢昭一、永六輔とトリオを組んだ。唄って踊ってトークする「中年御三家」。日本武道館を超満員にした。

なんだなんだ。なんで野坂昭如の紹介のためにこんなに紙数を使わなきゃならんのだ、文庫本の解説じゃあるまいし、ということに気付いたのだが、無駄なことは言ってない。このくらいキメ細かく伝えないと、野坂なる作家がいかに計算された自己演出を用い、それが世間にマスコミに効果的にはたらいたかを若い人に伝えられないからだ。そうそう、これだけ遊びながらちゃんと直木賞も受けている。偉い作家なのである。近況は、リハビリに精を出しておられるとか。奇跡的回復を祈る。

脳をまき戻す。

「朝まで生テレビ！」のスタジオで、学生が野坂に鋭い指摘をした話だった。「戦後焼け跡派世代と言われる人には、筆舌につくし難い労苦を体験なさったというのはわかりますが、モノカキとしては、そのひどい体験が基点になっているのだから、絶対に強いと思いますよ。われわれ豊か世代は、どうやっても追いつかないですもの。だらしがない、ノンポリであると言われてもその通りの人生しか知らないのだから反論出来ないのですよ」——。

スタジオの学生はこう言いたかったのである。

私事ながら、私の兄貴が昭和五年生まれで野坂と同い歳である。十五、六歳の頃は明けても暮れても日本軍の武器の一部分を磨くことが学校生活の全てで、勉強をする余裕はなかった。このまま卒業すれば少年兵として駆り出される。個人の選択肢など全くない。国策の一ロボットである。

そして兄がやがて二十歳という時に、唐突に日本の敗戦を迎えた。脂とビンタまみれの学生生活は終わった。国の為に死ぬ、という唯一の将来像はアッケナク解体し、アメリカの自由主義がどっと入って来た。

国の形が天地逆転した。指導すべき教師たちも、あるいは父親たちも何ひとつサジェスチョンが出来ない。日本中で何百万人かの青年が野に放たれた。

昨日までの「軍国少年」の精神を忘れられない者、いち早く「自由少年」に切り換える者、とりあえず食い物を調達するために、インチキ企業をおこす者、などで大混乱した。

犯罪に走る者もいた。誰が責められよう。

こうした混乱期の青少年たちを、マスコミはいち早く「アプレゲール」と名付けた。中身の事情は千差万別であるのに、ひと括りに「アプレゲール」の行動は不道徳で虚無的で、思慮が浅いから気をつけるようにと、新聞やラジオはもっともらしい解説をすることでインテリの自負心をかろうじて誇示していた。

この時代の青少年たちの心の傷については、大人たちは誰も斟酌できなかった。ただひと括りの名称をつけただけだ。その「アプレゲール」あるいは「戦後焼け跡派」「昭和ヒトケタ派」と名称はいろいろと変わってくるが、人間形成の上で決定的な青春期の不幸な体験であることに変わりはない。

しばらく時が経過して、ごく一部の者は文学の道を志す。それを生業《なりわい》とする者も出てくる。そして週刊誌発刊ブームとぶつかり、書く仕事がふえる。エンターテインメントを書ける者は時代の流れに沿って器用に娯楽小説を書く。

が一方では、社会派、ドキュメンタリー派、社会批評派も共存する。そうした硬派のモノカキは、自身の体験が背骨となるから、戦争中と終戦直後の心の傷となって残っていることから簡単に離れられない。その作家の人生観や政治観を著そうとすると、戦争体験が〝基点〟となる。

スタジオの若者の感想は、まさにその重いことを軽やかに指摘している。

「野坂さん世代の方がうらやましい。戦争とか空腹とか〝自分の基点〟を持っているから……」

そうだろうなと思う。正直な感想だと思う。

世の中に苦言を呈する時にも、最近の若者に小言を言う時も、ヒトケタ世代は〝戦争体験〟という自分の穴に入り込んで物を言えるんだもの……。

スタジオの若者はたまたま野坂昭如という有名作家が目の前に居るから、思うところをわかりやすく吐露したのだろうが、〝待てよ、この矢は私にも向けられている〟と思い直した。

考えようによっては、これは十分に誰もが考慮するに値する大きな問題なのではないか……。

「生まれてくる子供達は、時代を選べない」――これは人類共通、万古不易の運命である。

戦国時代に生まれたら戦わなければならない。

身分制度が確立した時代に生まれたら、生涯、与えられた階級から外れて生きることが出来ない。現代でもそうで、梨園に生まれたら余程の強い意志で無謀を企てない限り、役者で生きる。

そう思うと「人間、自由に生きろ」というのはキレイゴトで、「時代」と「環境」が、その人間の人生を八十パーセントくらいはすでに決めているのである。

個人という力の弱い人間が、「時代」という巨大な力によって生き方の大筋を決められているのは不愉快だ、不公平だ、と感じるのはごく自然な感情だが、それは〝身の程知らず〟な言い分なのではないか。

もし仮にですよ、「時代や境遇」という巨大なものが全く無くて、百パーセントお前の人生を自分で決めろということになったら、最初の一歩めからどっちに向かって歩き出したらいいのか、決めかねるだろう。

戦国時代、弱い大将の一兵卒として生まれる。

明治時代、教育を受けられない家に生まれる。こうした〝恵まれない〟状況に生まれたとしたら、それを甘受して、残された二十パーセントの可能性の中で自力決定して生きて行くしかない。そういうものだろう。


話が広がってしまったので、もう少し絞ろう。昭和ヒトケタからフタケタ前半あたりにこの世に出たわれわれは、軍国主義、空襲被爆時代に出っくわしてしまったのである。自由も食糧もない時代だ。

身の不運を嘆いてもどうにもならない。ならば残された二十パーセントの範囲内で自己発見するしかない。

野坂昭如、五木寛之、開高健、大江健三郎と代表的な名前だけ挙げたが、彼らはその暗黒時代に思ったこと、感じたことを、文学に転化して生業とした。〝自分の基点〟は、その暗い時代に感応したもろもろが核となっているのだ。

若い大学生がいみじくも指摘した「ヒトケタ世代の人をとてもうらやましく思うことが、戦争体験なんです」というのは、まさにそのことである。常識的に考えれば大変に不幸である戦争体験が、利用の仕方によっては〝メシのタネ〟になり得るのだ。

何も文学者に限ったことではない。戦争体験からヒントを得て商売をおこし、大きな会社にした人も大勢いるだろう。そういう人たちはかえって骨太の企業家として成功しているかも知れない。

私事《ワタクシゴト》に引き寄せて話をすれば、われわれフタケタ初期生まれ世代は、高度経済成長期のおこぼれみたいな形で、サブカルチャー流行の時代にぶつかった(このあたりの経過は『自分史ときどき昭和史』を読んで頂ければくわしく述べてある。宣伝ごめん……)。

つまり、神の悪戯《いたずら》で不運な状況に生み落とされた人間はいつの時代でも居る。ほとんどの人は、「ついてねぇなァ、こんな時代じゃどうしようもねぇや」と諦めてしまう。その中で、「この悪い時代から、何かひとつくらい学ぶものを見つけないと、算盤《そろばん》が合わねぇ」と思いつくしたたか者も少しは居る。それが人間のすごいところである。

ではお前は何を時代から受け取ったのだ、という問いを自分にぶつけてみる。しばし考える。空襲や空腹といった〝不幸面〟は、多くの人が大量に書いている。ヒトケタ派の方がわれわれより多感な時期にぶつかっているのだから、その懊悩はわれわれよりずっと深い。となればフタケタ世代ならではの〝幸運面〟を語るべきだろう。そう、われわれは得をしているのだ。

八歳で敗戦を迎えた。まだほんの少年である。それまでは確かに「日本は神国だから負けるはずがない」「大きくなったら兵隊さんになるんだ」という空気の中で育った。そのことは、いま考えると思想的な部分までは浸透していなかった。何しろ子供のことだ。

そこへアメリカが進駐して来た。

「米兵はみんな赤鬼みたいな顔をして、日本人はみんな殺《や》られるぞ」という噂が広まり、女性は全員乱暴されると聞かされていたものだから、みんな脅えた。

ところが目の前で見る米兵たちは、ほとんどが優しいのだ。ポケットからチューインガムやチョコレートを出して子供たちにくれる。女性にも親切だ。話がだいぶ違うと、子供心にも思った。

いま思えば、進駐兵への教育が十分になされていたのだろう(オキナワのような戦場での地獄図のような場面は、少なくとも東京ではなかった)。

過去に体験していない「民主主義」を浸透させるには十分にソフトにジェントルに行動せよ、という教育である。栄養失調の学童には「ララ物資」という食糧援助がなされ、「DDT散布」という衛生処置が施されたのである。たぶん戦争史の中で、これほど手厚い進駐行動はなかったのではないか。それだけ敵国《ニッポン》の民度や文化度、精神性に関しての情報収集や研究がゆき届いていたのだろう。

ソフトでジェントルな米兵たちに接し、たちまち多くの日本人は親米派に転じた。子供視線で言えば、食糧はくれる、野球はくれる、軽音楽はくれる、ラジオでは娯楽番組をくれる。地獄から天国に変わったように感じられた。

さ、そこで自問自答した件である。「お前は時代から何を受け取ったのだ?」――。

答え。「ふたつの時代、国家の仕組み、価値観のドラスティックな変革をこの目で見られたこと」である。

これほどの国の大変革に出会えた、ということは人間の短い一生を考えると、奇跡的幸運だろう。

〝大またぎ〟をしたのである。イデオロギー的にはさまざまな取り方もあろうが、そういう次元ではなく、〝ふたつの国家体制を大またぎした〟ことに大きな意義を感じるのだ。つまり幸運な一生だったと。

これによって、物事を複眼的に見るようになった。人間を、国を、政治を見るとき、すべてを鳥瞰的に見るようになった。

この体験と、自分の性格決定との間にどういう関連があるのかは、まだよくわからない。つきつめて考えようとも思わない。難題すぎて私の粗末な脳力では手に負えないし、面倒くさいからである。自分の脳力や知力を越えたものは放っておくしかない。以上が結論。

そうだ、浄土へ行こう

江戸の町は暗かったと思う。

月明かりでもなかったら真の闇だったと思う。

「鼻の頭をつままれてもわからない」と言う。

民家の中では行灯《あんどん》の油が勿体ないから、読書家や論語好きの子供たちの居る家以外は早めに消灯した。道を歩けばポツンポツンと番小屋（消防の役、および木戸のあけ閉めをする爺さんが番をする小屋）があるだけだから、日が暮れるとみんな帰路を急いだ。

暗いと怪談が生まれる。「本所のおいてけ堀」とか「振り返ってはいけない坂」などというものが方々にあった。

闇は想像力を活発にする。

江戸の絵師たちは（有名、無名を問わず）たくさんの妖怪をつくり出した。「ひとつ目小僧」

「耳なが」「天井くだり」「大入道」「お歯黒べったり」「のっぺら坊」「うわばみ娘」「ひょうすべ」……妖怪図鑑から引きうつしただけでこれだけ出てくる。

親子が三代、四代にわたってひとつ屋根の下で同居していた時代だから、暗くて寒い部屋の中で、こういう話は伝承して行ったのだろう。「早く寝ないと、のっぺら坊が来るぞぉ」、子供はこわがって母親の身体にしがみつく。かくして情操上も、理想的な人肌教育が出来た。現代《いま》のように個室とパソコンを与えられない時代の教育は、暗さが何よりの先生だった。

転じて、大人たちの暗さに対する恐怖はどうだったのだろうか。聞くところによると、大人たちだけが十人くらい集まって、ひとりづつ恐い話を語り合う「百人夜話」(?)というものがあったそうな。そういう同好の士の集まりはともかく、ふつうの大人たちにとっても夜は暗い。暗いとこわい。こわいもののずっと先には〝あの世〟がある――というように、今より身近に〝あの世〟を感じていたのでは、と想像する。寿命も短かったし。

八　「ご隠居さんは知らないことはない、と言ってるので、伺いたいんですがね、あの世ってのはどの辺にあるんですかね?」

隠「西方弥陀《さいほうみだ》の浄土《じょうど》、っていうくらいだから西の方だな」

八「じゃどんどん西の方へ行けばつき当たるわけだね」

隠「そういう理屈だけど、遠いぞ」

八「あっしは一度見てみたいと思ってるんでね、西の方へ出かけてみようと思ってるんで……」

隠「弁当とわらじと、路銀が要るぞ」

八「たっぷり用意した」

隠「で、江戸から西というと箱根あたりかい？」

ヤマフジB「話を切って悪いけど、これさっきやってたぞ」

ヤマフジA「いいんだよ、好きなんだから。古典は何回聴いても面白いんだ」

ヤマフジB「じゃ仕方ない。気の済むまで続けな」

八「静岡から大阪、九州の長崎あたりで」

隠「そっから先は海だ」

八「海だろうと何だろうとどんどん行く」

隠「そこから先はもうもうと霧が濃くて見えない」
八「もうもうなんて構わねぇ、どんどん西へ行く」
隠「そこから先は高い堤防があって行けない」
八「堤防だろうと何だろうと越えて行く」
隠「そこから先は〝立入禁止〟の札が出てる」
八「立入禁止だろうと何だろうとどんどん行く」
隠「そこから先は崖っぷちでもう行けない」
八「崖っぷちだろうと何だろうと、どんどん行く」
隠「そこから先は真っ暗闇で、上も下も東も西も、右も左も真っ直ぐもまったくわからん」
八「右折も左折も直進禁止もUターン禁止もまったく気にしないで、どんどん行く」
隠「あたしゃ忙しいので、お前の相手を一日中してる訳にも行かないんだ。もうお帰りよ」
八「ようやっと音を上げたね、ご隠居。ところでこの根問《ねど》いは、落語の何でしたっけ?」
隠「あたしもさっきからそれを思い出そうとしてるんだけど……。「やかん」だったか「浮世根問」だったか、それが思い出せないからこの会話の閉め方がわからないで困っていたんだよ」

八「じゃ、新しいのを創っちゃいましょうよ」
隠「創るって、簡単じゃないぞ。どういうのがある?」
八「どんどんどんどん西へ向かって行きますね。それ以上は行けないってのを、どんどん行くと、最後には真っ暗とかもやもやじゃなくて、普通の空気の見なれた景色、住んでいた長屋に戻って来ちゃう。あれ、俺の家だ、俺の嬶《かか》ぁだ!……あ、そうか、〝極楽浄土〟ってのは、いま自分が生きて暮してるところなんじゃないか!!……という寓話的なオチ」
隠「ずいぶん歩いたつもりだけど、結局てめぇの長屋に戻って来ちゃう。つまり現在の日常が浄土だってことだな。うーん哲学だ」

異価値の発見

「イカチ」である。「イタチ」ではない。「イタチ」と来ると「の最後っ屁」と続けたくなる。「イカチ」の方も、なにがしかの理屈をつけなければならない。私の考えつく理屈だから屁理屈である。

されば共に「屁」の字に頼っているのだから、まんざら無関係でもない。イカチもイタチも屁仲間である。

従来の価値観、広く世に是として認められてきた価値観に、わが身をゆだねるのは嫌いではない。その方が楽だからである。それに異を唱えることはエネルギーを要する。だからほとんどの人はそういう無駄骨は折りたくない。世界に冠たる法治国家(またの名を平和ボケ国家)はこうして成り立っている。

ところがときどき、そういう状況にムズ痒さを覚える人間がいる。一パーセントなのか〇・一パーセントなのかわからないけど、居ることは確かに居る。

・ドラッグ

そう思ったきっかけのひとつは「脱法ドラッグ」である。ある時期、大流行した。一般市民の間にも流行の兆しを見せ、さまざまな悲劇をもたらした。

私はその頃から「ネーミングが悪い」と思っていた。「脱法」――法律にふれますよ、違法ですよ、といったニュアンスの言葉である。この程度の違法性だと、青少年にとっては逆効果をもたらす。無論皆が皆ではないけど、青少年という時期はワルに憧れるのである。

未成年なのに酒をのんだりたばこを吸ったりしてみたいのだ。街角でダンスをはじめたり、自動車に異音を発するスピーカーをつけたり、万引きをしたりする。

犯罪の少し手前のワルさは、青少年にはかなりカッコイイ行動に属する。それを自慢する子供も少なからず居る。やがてエスカレートして行って、もう一段階ワルのランクを上げるためにクスリを使用する。結果、社会的注目を集め、意識もうろうで人の列に車を突っ込むような事態を招く。刑事責任を負えない状態だったと弁護人は弁護する。

世間やマスコミの糾弾の声が大きくなって、ようやく当局が動き出した。何からはじめたかという名称である。

「脱法」じゃゆるいので「危険ドラッグ」とした。この記事を見て私は、手ぬるい、と感じた。こんな名称の変更に何ほどの効果があるのだ!! と。

現実はどんどん悪い方へ行く。悲劇的な結末をよんでいる。私は「殺人ドラッグ」とするべきだと、強く思った。「脱法」や「危険」じゃぬるいのである。

葉っぱの調合を少し変えたり現行の法律や条例ではひっかからないような工夫を彼らはしてくる。法律や条例を決める側は、先回りして〝大網〟を打たなければならないのに、当局はしない。

世論や被害者感情とは乖離している。そこで如何ほどの効果があるかわからないが、とりあえず「殺人」という最大級に強い表現を用いて、社会に告知すべきなのである。法律家は「殺人」と「クスリ」の間には因果関係がうすいと反対するだろうが、現実はそうすべき時期に来ているのである。法律家とは常に市民感情とは乖離しているものだなぁと、おそらく多くの大衆は感じているはずである。

・名刺

巷には定年退職をした高齢者が溢れている。彼らの喪失感、無気力感は社会問題である。

会社の中では、しかるべき地位にいた男性たちは、その輝かしい日々が忘れられない。胸にあった社章、ポケットにあった名刺は全て返上してしまったから、素ッ裸で野に放たれた心細さが共通してある感慨だろう。そこで私は思いつく。名刺を復活しろと。そう言ったら傍で聞いていた男が反対した。

「それは冷酷な仕打ちでしょう。ようやく名刺のない生活に馴染みはじめたというのに、まただぞろ名刺という会社人間のシンボルのようなものを持ったら、いたずらに過去に引き戻すことになり、百害あって一利なし、になりますよ」と。そうじゃないのだ、と説明する。〝過去の名刺〟ではなく〝現在の名刺〟を持つ。

退職した人々は、何がしかの趣味、生き甲斐を見つけ出しているはずだ。時が経てば、組織人間だった時とは別の世界を歩きはじめているに違いない。その現在の状況を名刺の肩書に刷るのである。

「日本手打蕎麦研究会　三段」

「四国お遍路巡り　港区支部長」

「古墳発掘同好会　相談役」

「ＡＫＢ48のメンバーを守る会　顧問」

何でもいい。いま最も熱心に活動している〝第二の仕事〟を名刺にする。そして何かの折に、見ず知らずの人と名刺交換をする。互いの名刺をマジマジと見て、何か接点とか話題の元になるような肩書を見つけたら、そこからふたりの間柄はアカの他人ではなくなる。

「ほう、あなたもお遍路をなさってるんですか？　で何番目の寺まで行かれましたか？」

……仲が深くなったら現役時代の自慢話になってもかまわない。

現実のいまの趣味、世の中にコンタクトしている分野の話になれば、より一層友情は深まる。

「高齢者は名刺を交換しよう」如何？

・イチロー

イチロー（本名・鈴木一朗）が、メジャーに買われて行った時は心配だった。アメリカ人のベースボールプレーヤーに対する愛し方、尊敬の仕方、期待するものが、どうやら日本人のそれとは大分違うように思えたからである。

が、そんな私の心配は杞憂であって、年間二百安打を十年間、とか、内野安打が記録的に多い。また守備に於ても右翼手の深いところから、三塁走者を刺す返球（アメリカの中継アナが〝まるでレーザー光線のように正確にストライクを返してくる!!〟と興奮して中継していたっけ）。それを聴いて私も興奮した。どうだ、日本の極上品は貴国の野球観を変えてしまうほどの精度を持っている。

感心することばかりなのに、私はイチローをあまり好きではない。プロ野球選手としては妙に異質な才能を感じるからである。

それはインタビューに答えた時のコメントである。こう言っていた。

「みなさんは私の打球があまり速くないことに気づいていますか？　火の出るような打球は僕は打たないんです。速い打球は野手が捕って一塁に投げると、当然ランナーより早く届きますね。ランナーより二歩ほど手前でアウトになることがわかるんです。

僕はそこで弱い打球（ゴロ）を意識して打つんです。バットのスイートスポットより何センチか手前、グリップ寄りで打つんです。お客さんには詰まった打球に見えるはずです。すると、打球がゆるくなって、野手がうまく処理しないとランナーと球が丁度同時に一塁手のミットに収まる。うまくすると内野安打になる。ですから僕のゴロのときはセーフかアウトかが紙一重なんでお客さんはハラハラする。その方がスリルがあるでしょ。〝少し詰まり気味のゴロ〟が僕の考案した打球なんです。その方が〝セクシー〟なんですよ」

これを聞いたときは凄い、と思った。でも次の瞬間、これはスポーツ選手のコメントじゃないな、と思った。なんか文化系の人間のコメントのように感じた。

反射的に思い出すのが野茂英雄。彼は語らない。説明も自慢も心理状態も教訓も語らない。ムッツリ投げてムッツリ去る。「巧言令色すくなし仁」を頑固に通している。私の中の古い日本男児はこういう不器用な男にしびれるのである。

アナクロの可笑しさ

ですからね、落語を聞かなくっちゃいけませんよ。タメになることを言ってるんすから……。落語を聞くとみんな偉くなる……。その代表選手が吉田茂さん、あのひとも落語が大好きだったんすから。ですからね、偉くなろうと思ったら毎晩寄席に来て落語を聞くんです。で、中には、たくさん落語を聞いても、偉くならない場合もある。そういう時はあきらめるんですな。人間、あきらめが肝心で……。

（トメさんこと先々代桂文治）

このクスグリ（ギャグ）を頭の中で思い出すと、とたんに心が笑顔になる。時、ところを選ばない。絶大な効果だ。文字だけでも十分に可笑しいが、演者の顔を知っていると三倍ほど可笑しい。とにかくウマ面なのである。昔のおじいさんの顔だ。顔だけ見ていると、生涯面白いことなんか言いそうもない顔をしてる。それが突然こういう秀逸なくすぐりを発するのだから、その落差も手伝って可笑しさがこみあげてくる。四十年くらいも演っているから年季が入っている。つまりアナクロだ。獲れたての新鮮なギャグもいいけど、こうした骨董的な、底光りのするクスグリは、時代を超えて生き残る。代表選手が吉田茂、というのがいい。これが田中角栄や小泉純一郎じゃダメ。あの時代、昭和二十年代の総理大臣と一般庶民とでは天と地ほどの距離があった。そこに落語という身近な芸能を置くことで、距離がちぢまるという錯覚を起こさせる。一瞬その気にさせておいて、「人間、あきらめが肝心」と、哲学的な箴言で締める。うどんをゆでているとき、吹きこぼれそうになったら、小さな器に入れた冷水をさすと瞬間に鍋はおさまる。最後の一言は丁度そんな役目である。

アナクロの可笑しさをもう一例――。

さあ、強剛と強剛の一騎討ち、という場面になった。群衆はワーッと遠巻きに輪を画いて、固唾をのんで見守った。お客様、剣豪同士の勝負といいますと、刀と刀、顔と顔がぶつかり合って、火花を散らすような場面を想像なさるでしょうが、私もそう思っていたのですが、うんと年かさの人に伺いますと、本当の剣豪同士の戦いというのは、そうじゃないんですってね。パッと両側に分かれると、お互いに相手の力量がわかって居ますから一瞬の隙を見つけるまでふたりとも動かない。刀と刀のきっさきの間《あいだ》が六尺ほどあいている。で、その間を自転車が通ったりしまして……。

（演者、演目ともに不明）

このギャグに大喜びしたのが立川談志。

「章二さん、このセンス、いいだろ。講釈師見て来たような嘘を言い、ってのはこれだよ。剣豪同士の勝負だとピタリとなったまま動かねぇ、まるで石になったかのように動かねぇ、と。でもそれだけじゃ面白味がないので、この講釈師、「間を自転車が通ってる」ってヒトコト入れた。このセンス、絶妙だよ。参った、と言うしかないな。剣豪が動かない、群衆も動かない、全部が静止しているとき、ヒョコヒョコと自転車が出て来て、ごめんなさいよ、かなんか小声で挨拶して通って行った。すごい！」

「あなたはひとりで妙に感心しているけど、この舞台、時代はいつなんだい？　剣豪の立ち合いっていうところから江戸時代と思うけど、自転車が出て来るという点では明治よりこっちだね。理屈が合わない」

「理屈が合わないから余計面白いんだよ。そんなこと言うんなら、刀と刀の間の緊迫した、通りにくい空間にわざわざ第三者が入り込んでくること自体が理屈に合わない。そういう、あり得ない状況を超えて自転車が通り抜けていくからすごいんだよ。これはゲージツだよ、イリユージョンだよ。画伯もゲージツ家のはしくれなんだから、この面白さを感じなきゃ。な」「じゃ、つき合って、面白い」「つき合うって、蕎麦屋に行こうってんじゃないよ」「いや、だんだん面白くなって来た。ああ面白い。オートバイだともっと面白い」「違う!!」

談志と落語の話、したくなったなあ……。

漢字好き

中学校に入って、最初の授業が国語だった。昭和二十四年、男子校、小学校と違って科目別に教師が変わる……。子供たちを緊張させる条件がすべて揃っている。コチコチになった生徒の前で教壇に立ったのが、やさしい初老の先生で、私は随分とほっとした。

気持をやわらげる挨拶をしたあと、先生は黒板に大きな文字をふたつ書いた。

「泊」と「晒」——。

「はい、読めるひと?」と訊いた。「とまる」は大勢が声を出したが、下は声がなかった。

「とまる、と、さらす、です」と先生。

漢字というのはとても良く出来ていて、よく見ると、だいたい意味がわかるように出来ています。例えば、〈木ヘン〉に〈古い〉と書けば、これは「枯れる」ですね。でも中には、これは変だなと思うのもいくつかあります。そのひとつが、ここに書いたふたつの文字です。上の字は〈サンズイにシロ〉、川などの水で布を白くすることですね。下の字は〈日ヘンに西〉、つまり太陽が西の方へ行ってつまり暗くなって来たから、昔の旅人は宿にとまろうと思うことですね。どうです？　逆の意味だと気がついたかな？　「泊」はさらす、「晒」はとまる、というのが本来の読み方ですね。ところが実際はふたつを入れ違いにして読んでいる。理由は先生にもわかりませんが、こういうことも中にはあるのです。どうです、不思議といえば不思議な逆転ですね……。

この興味ある授業によって、私はいっぺんに文字の面白さと、国語の先生に親しみを持った。芸能界ならこれは〝つかみ〟の巧さである。

昭和二十四年の男子校と言えばあなた、まだ怖かったのですよ。先生の多くは軍隊帰りで、心の中はいまだ軍人気質が抜けてないから、平手打ち(ビンタ)などは日常的。意地の悪いのは、出欠簿の固い角でひっぱたくから痛いのなんの。廊下に出されて水を張ったバケツを持っていろ！　なんてのも居た。

全体的に「質実剛健」をモットーにした学校だから、また生徒側も生徒側で、そういう気風に反抗的な態度を示すような連中はいないから、いまと違って厳粛な空気が学校全体に漂っていた。

またいま考えるとなかなかの学校で、戦後政治家の大物と評価される石橋湛山が校長で、日本初のノーベル物理学賞を受けた湯川秀樹氏の講演も行なわれた(もっとも話の内容は、まるで憶えていないけど……)。

それと、「英語」の先生が外国人だったことも、当時としては進取の気性があったと思う。この英語教師、日本語は一言も話さず、生徒の机に腰をかけてペラペラしゃべっていて、格好よかったという記憶のみ。

そうした中で「国語」の先生はひとり柔和《やわらか》だった。あるとき、いきなり、〈女ヘン〉の字を片っ端から挙げてみなさいと言い出した。それを黒板に書いてゆく。

「好」「娘」「嫁」「奴」「妖」……そこらへんで声がなくなった。「なんだ、女は身近に居るのにこのくらいしか思い浮かばないのか」。

おもむろに先生は〈女ヘン〉の字を書いた。ついでに意味も。

「姉」あね。

「始」はじめる。

「妬」ねたむ。
「威」おどす。
「姦」かしましい。
「娼」あそびめ。
「媚」こびる。
「妨」さまたげる。
「嬶」かかあ。
「妊」はらむ。
「奸」よこしま。

「どうだ。ざっと読んで大方のイメージが湧くだろう。女というのはな、ねたんで、おどして、うるさくて、こびて、さまたげて、よこしまで、すぐはらむ生物だ。これからキミらはこういう生物とつき合うことになるのだから、くれぐれも注意するように。漢字は嘘をつかん。え？〈男ヘン〉は無いのかって？　無いのだよ。部首に男は無い。そういう意味もおおいわかる」

このときの授業はものすごく印象的だった。まだ中学生の男子に、漢字の力を借りて、女性なるものの真髄を教えてくれたのだからこの先生、よほど身にこたえるものがあったのだろう。今となっては教育上ふさわしいかどうかはともかく、人生勉強としては、後世とても役に立った。やはりいい先生だった。


〝漢字を使って人生を語る〟この手法は、私にはとても役に立った。

中年になると、いろいろな結婚披露宴に出ることが多くなる。スピーチを頼まれる機会もふえる。中には新郎も新婦もあまり知らない〝ギリコン〟にも出る。そういう場では「漢字」が役に立つ。


「えー、本日はまことにおめでとうございます。

よく、〈人生は山あり谷あり〉と申します。山はもろもろが調子よく、得意の絶頂期を指し、反対に谷は、何をやってもうまく行かないで、落ち込んだ状態を指すと言われているようです。

ところが私は別の見方をしております。

山は高いところにあるから風当たりが強い。足元に注意しなければならない。物をうっかり落としたり自分が転べばコロコロと何処までも落ちてゆきます。

　そこへゆくと谷の方は気が楽です。脇には小川が流れているから、魚が獲れます。小動物が水を飲みに来るから捕まえられます。果実や木の実だってみんな谷底に集まってくる。うまくすればオムスビだって転がってくる。つまり生き延びようとしたら、絶対に谷の方が収穫が多い。人生も似ていて、谷底に居る時の方が学ぶことが多いのです。

　そういうわけで、世間一般の価値観とは別の、ふたりだけの独自の価値観を見つければ、たいがいのことは乗り切れるのです。今日の宴はいわば山の頂点、これからは谷底に向かって行くことは必定です。そのたびにふたりの絆は固くなるのです。私は遠くから、ふたりが早く谷底に落ちることを楽しみにしております。

　今日はまことにおめでとうございました!!」


　こんな深いスピーチを用意しているのだけど、最近とんと披露宴の招待状が来ない。たまに来るのは「偲ぶ会」とか「お別れの会」ばかりで、折角の餞《はなむけ》のスピーチを言う場面がない。宝の持ちぐされだ。

でも新郎新婦へのスピーチを考えているとき、私の中の漢字好きが頭をもたげて来た。無駄じゃなかった。

〈山と谷〉を対比して思いついたことがある。〈イ〉(にんべん)を付けると、「仙」と「俗」になる。仙人と俗人……見事に対照的な反対語である。

こういうことに気がつくところが〝漢字オタク〟の特徴だろう。でも感心してる場合じゃないのだ。

この問題は、実は私にとっては大きな問題なのである。若い頃からずーっと「俗」が好きだった。「通俗」「俗学」「俗のパワー」「俗なるがゆえの反抗心」……すべて私の基点は「俗」に所属するところから発した。「戯画」も「戯評」も、下から上を見上げるところから発する批判精神である。私の生涯を通じて俗は変わらぬスピリットだと信じていた。

それが、老いを迎えて少しく変化しはじめた。他所でも同じようなことを述べているが、目の位置が自然に高くなって来ている。エラソーにしてるわけでもないし、俗世や俗人を見下そうという意図を意識的に持とう、などというつもりは全くないのに、若い頃の目線とは少しづつ変わって来ているのだ。気がついた時には慌てた。

わがアイデンテティに傷がつく。仙人に面白い批評が書けるのか！　この問題、真剣に考えてみよう。

仙人志願

「仙人」になりたい。

この願望は、喜寿を過ぎたあたりから強烈に私の中を支配している。

どうしたら「仙人」になれるのか、さっぱりわからない。これが「高僧」になりたいというのなら、見本は現実に存在するし、寺へ行けば実物に会える。ただ簡単になれない、ということもいろいろな情報で知っている。はるかに若いうちから名僧の弟子になり、〝千日荒行〟とか〝断食〟とか〝面壁九年〟とか大変な修行を通過しないと到達出来ない身分であることも、知識としては知っている。

つまり七十八歳からは、なりたくてもなれない、けわしい道だ。で、これは諦めた。

では「仙人」への道はどうか？

これがさっぱりわからない。まず本物の仙人というのを実物でもテレビの中でも見たことがない。みなさんもそうでしょう。私が仙人だ、という人に会ったことがないでしょう。名刺に仙人と書いた人にも出会わない。

有名人では、瀬戸内寂聴、故今東光、故寺内大吉、三遊亭円歌と、何人かの僧籍を持った人たちは知られているけど、仙人はいないはずだ。

職業ではないのか？——ためしに『大辞林』を開いてみたら、〈中国の神仙思想や道教の理想とする人間像。人間界を離れて山の中に住み、不老不死の術を修め、神通力を得た者。やまびと〉とある。ほう、神じゃなくて人間なんだ。

人間であるなら可能性はゼロじゃない。

私の古典的イメージでは、オンボロをまとい、杖をついて人里離れたところに住み、霞を食らって、ときどき酒を呑んで、あまり力仕事をしない。あらゆる煩悩から解き放たれて竹林の中で仲間としゃべっている。

おお、わが理想の処し方である……。

とりあえず形だけでも真似をしてみようと、髭を伸ばして杖をつき（現実は変形性膝関節症だが)、風呂にも入らず、魚や肉を食さず、家の中をウロウロしているだけだが、まだ仙人になり切らない。

煩悩を捨て、というのが厄介だ。そうはいかない。俗世には頭を使う問題が山積している。ロシアはウクライナをどうする? 中国はどういうつもりで反日的行動をとるのか? 北朝鮮の地下の武力はどういうつもりで貯えているのか? イスラム国というのが本気になったら欧米キリスト圏と一戦交えるのか? 日本はアメリカの危機に自衛隊を派遣するのか? 同性婚が拡大流行したら日本はどうなるのか? 力士が全部モンゴル出身になったらどうするのか? たけしはいつ国民栄誉賞をとるのか? 日ハムの大谷くんはいつまで二刀流を続けるのか? 岩波書店はいつまで出版社として続けられるのか?

私の手に負えない、けど気になることが星の数ほど頭の中をかけ巡り、とても霞を食っている場合じゃないのだ。

ああ、全てから解放されて早く仙人になりたい。

あと、仙人ってのは年金はもらえるのか?

笑いの身分

今回はなんとなく気が重いテーマです。「笑い」は難しいからです。ベルグソンをはじめ、古今東西の哲学者や専門家が挑戦して、いわゆる名著といわれる研究書がいくつも世に出ていますが、いくつか散見した限り、なるほどその通りだと、膝を叩くような名説に出会ったことがない。

それはお前さんの読解力が無いせいだと言われれば反論のしようがありませんが、そういうことではなく、「笑い」というものは、論じても考えても、捕り押さえることが出来ない不思議なものと、諦めてしまった方がいいような気がするのです。

だからと言って、野放しにしておくのも癪《しゃく》にさわる。なにしろごく身近に、しかもあり余るほど潤沢に、わがもの顔でのさばっている連中だから、一度正体をあばきたくなるのです。しかし相手は「影踏みごっこ」の影の如く、目の前に在りながら自在に動き回って捕えようがない。

こんな厄介な代物を、私ごときが定義できるわけがない。せめて今まで見聞して来た逸話《アレコレ》をいくつかご披露して、おおよその姿を浮き彫りにするくらいのことしか出来ません。

「喜怒哀楽」と言いますね。人間の複雑な感情をわずか四つで表そうというのだから乱暴な話ですが、それはそれでいいとしましょう。問題は「笑」が入ってないことです。入れにくかったのでしょう、多分。

いまやコンピュータの進歩は驚くべきものがあって、人間のやるべきこと、人間でなければ出来なかったことまでが、どんどん彼らの領土と化していると、報道で知らされる（私はガラパゴス人間ですから全く無知ですが、ただただ驚いているだけです）。

例えば、一本のドラマを創ろうという計画が出されたとします。いままでなら、各方面の専門家が知恵を出し合って、コンセプトは、脚本は、俳優は、予算は、日数は……と、すべて人間の経験とカンで決めていったことです。

「泣かせる映画でいこうと思う」「実写かアニメか」「アニメの方が世界中で売れるよ」「よし、アニメでいこう」「泣かせる小道具は」「貧乏と病気だな」「別離もほしい」「辛抱と我慢」「いじめ」「田園風景がいい」「仔犬もぜひほしい」「そう、仔犬が汽車を追いかける」

実際にこういうミーティングが行われているかどうか知りませんよ。でもこれに似たような打ち合わせは、きっとやっていたと思う。人間が知恵を出し合うには、こういう儀式が必要だから。ところがコンピュータの時代になると、さまざまな必要要素を入れると、カチカチと機械が読み込んで、十分くらいでポンと脚本が出てくる。いまにそうなる。え、もう実際に使ってるって？　恐れ入りました、なにしろあっしは機械に弱いもんで、そっちの方はさっぱりで……。

「喜」のボタンを押すと、世界中の大衆の〝よろこび腺〟はインプットされているからすぐ出てくる。「怒」のボタンを押すと〝怒り腺〟が作用する。「哀」も「楽」も、だいたい世界共通だから、コンピュータにとっては処理しやすい。

ところが「笑」はコンピュータが苦手とするところだ。人がどういうことに笑うかという点は、いまだに論理的に解決をしていない。万国共通、万人必至の笑いはないからだ。笑いの感性ほどちりぢりばらばらなものはない。同じ時代、同じ国民の中でも〝笑腺〟は個人差がはげしく異なる。「オッパッピー！」と言っただけで笑いころげる子供も居れば、反対に不愉快に思う人も居る。

映画の話に転じる。脚の具合が悪いのですっかり出不精になり、映画を観なくなった。どうしても古い話になる。昔は〝喜劇〟がたくさんあったような気がする。好きだった。映画が娯楽の王様だった頃は、エノケン、ロッパ、金語楼が主演の映画を始終やっていたような記憶がある。どこの映画館も満員だから、子供は人の肩と肩のすき間から観ていた。古過ぎるか。じゃ、もう少し時代を近づける。

いままで観た映画の中で好きな作品はと訊かれたら、『お熱いのがお好き』『ブルース・ブラザース』『三等重役』と喜劇が三本も入っている。ダニー・ケイにも夢中になった。ここからが肝心の話になるのだが、アカデミー賞作品賞部門の中に、歴然とした喜劇映画というのが入ったことがあるのだろうか。多分ないと思う。そしてそのことをかねがね不思議に、不満に思っているのだ。ユーモラスな場面もある、といった意味でなく、純度の高い喜劇映画のことだ。

受賞作に感動や感涙を謳った作品はたくさんある。人生の哀感や深みを訴える作品もたくさんある。また、怒りのメッセージをこめた力作もある。それはそれでもちろんいいのだけれど、全篇笑いっぱなしといった傑作喜劇が受賞したという記憶がない。〝笑いの身分〟というのが、どうしても抜き難くあるように思えてならない。泣かせるのが上で笑わせるのは下、という順位の根拠がどうしてもわからないのだ。

根拠があるとしたら、感動や感銘には余韻があるが、笑いにはない、ということか。それは違うだろう。笑いの好きな人間にとっては、ある場面のコメディアンの表情や台詞を思い出して、ひとりで胸の内で笑うことだってある。余韻だ。感動は人生を考えさせるから高級ということか。ならば喜劇が人生を考えさせることだってあり得る。〝あまり思い詰めない方がいいぞ。また面白いこともあるさ〟と、落ち込んでいる人間を励ましてくれることだってあるからだ。

もっと踏み込んで言う。感動や感涙や哀感というやつは、わりといい加減なものにでも人間は感応するものだ。見えすいた台詞や状況にでも、人は泣きやすいように出来ている。対して笑わせるというのは、(テレビスタジオに来て、やたらと安っぽく笑ってるような仕込みファンは別だ)とてもデリケートな技能を持った役者や芸人でないと、人はそう簡単には笑わないものだ。精密機器のような計算が必要なのだ。

「ユーモアに国境はない」という格言が通用した時代もあった。大ウソである。ユーモアほど民族や因習や知的レベルを限定するものはない。国境のないユーモアは〝下ネタ〟くらいのものだ。「涙や感動に国境はない」と言うのなら下ネタはまず当たっているけれど。

話し出すと加速度がついて止まらなくなる。ここから先は、少々生意気な意見になることを承知の上で申し上げます。業界の方、ご寛容ください。

森繁久弥が亡くなったとき、新聞からコメントを求められた。印象に残った作品は何ですか、と。私は『三等重役』ならびにそれに連なる「社長シリーズ」と答えた。

戦後のアメリカの政策で、旧財閥が解体され、結社の自由が許可になった。それを受けて日本では、かなりいい加減な会社が起業する現象が起きた。その風潮をとらえた東宝が、サラリーマンものを作り大ヒットした。水を得た魚のように森繁が登場した。それまでの邦画界に、背広で会社役員の出来る俳優がいなかったから新鮮だった。

適当にインテリで適当にいかがわしい役がピッタリで、三木のり平や小林桂樹や山茶花究らと共にチームワークを見せた。

私は森繁の作品では最も好きだったので挙げた。

翌日の新聞は、各紙とも代表作としてミュージカル『屋根の上のヴァイオリン弾き』ばかりだった。あの世で森繁はどう思っていたかは知る由もないが、私の感想は、やっぱり喜劇は、マスコミの文化部の尺度では低いんだなあ、だった。

若い頃、コントや漫才で大衆を喜ばせていた喜劇人が、中高年を過ぎると笑いを脱出してシリアスに転じてゆく傾向が強い。もちろんその人の体力や考え方によってそうなるというのはよくわかる。身体を張って客を笑わせるのは限界がある。それほどキツイ仕事なのだ、喜劇は。

そういう例をたくさん見て来ると、ああ、そうなるのが自然なのだなあとわかる。ファンからすると、一抹の淋しさは感じるけど、それはシロウトの勝手な思い込みであることもやがてわかってくる。その変化を自然に見せられる役者はそう多くはない。藤田まこと、伊東四朗、ザ・ぼんちのおさむ、でんでん、イッセー尾形、大村崑、などなど。いやその前に最高の鑑《かがみ》が、森繁久弥、伴淳三郎だった。

専門家でもないのにエラソーなことを言ったが、実は私自身も、分野は違えども似たような心情的変化を自覚しつつあるから踏み込んで私見をのべたのである。

〈笑いは若いうちの産物である〉――。
それにしても、〝笑いの身分〟を低く見過ぎてはいませんか、みなさん。

リピート

敬愛する飯沢匡先生（劇作家）と、わりと頻繁にお会いする時期があった。先生、七十歳くらいの頃だ。

会話の途中でふと、こんなことを言われた。

「山藤さんには随分といろいろな話をして来たけど、中には、あ、その話は前にも聞いた、ということがあるかも知れません。そういう時は遠慮なく、その話は前に伺いましたよと、おっしゃってください。いや、年をとると誰にもそういうことが多くなるんですよ。気をつけているつもりでも、これは仕方がないことなので、是非注意してくださいね。あなたならはっきり言ってくれそうだから、頼みますよ」……。

私は「わかりました。そういう時はかならず正直に申し上げます」と答えた。

実は先生の言葉、これで四回目なのである。

困った。「いまの先生のお話、実は前にもおっしゃっていました。たしか三回ほど、同じことを……」と、伝えるべきか否かで迷った。で、結局、言わないで、今日はじめて聞いたという顔で伺っていた。

その対応でよかったのだ、といまも思っている。話の内容はタメになることも、さほどでもないこともあるが、くり返して伝えたい、というほどのものが話し手の心の中にあるからくり返し出てくるのだろうから、「それは前にも伺いました」とは言いにくい。それはかなり難しいことなのだ。

それよりずっと前、先生がある芝居の演出をされた時、稽古場にお邪魔したことがある。俳優A（黒柳徹子）が俳優Bに話しかける部分だ。

「私が見たの、誰だと思う。フレディよ！」「えーっ!!」

その場面で演出からダメが出た。「Bくんは、Aから思いがけない名前を聞いたんだから、もっとはげしく驚かなきゃだめだ。なのにBくんは、あらかじめ知っていたかのような表情をしている。もっと驚いて!!」といったような場面だった。それがなかなかうまく行かない。Bはもちろん台本でAが何を言うかを知っているから、それほど強く驚けないのだ。あまり大袈裟に演じるとコントみたいになってしまう。微妙だ。

いま、目の前で飯沢先生が私に話してくれている。それは有意義な内容なのだが、前に何度も聞いているので驚きはない。それで困っているのだ。稽古場でのBの立場とダブってくる。「私が同じ話をくり返したら、山藤さんは指摘してくださいね」とも言われている。本当に指摘したら先生は自分の老化現象(ボケ)を恥じるかも知れない……。

短い時間に判断して、「へえー、そうですか」とどっちともとれる反応をした。私は幸いにも表情の少ないタイプなので、どっちともとれる顔は得意なのである。それにしてもご老人との対話は難しいねえ……。

という話を目の前の男に話したら、

「ご隠居、いまの話、前にも聞きましたよ」

癒しの笑い

この男（私めのことであるが、時として、こうして客観的人物として描写した方がふさわしいことがある）。

この男、みかけによらずなかなかしぶとい。あまり長生きすると、「みっともないぞ」「回りが迷惑だ」「男は引き際が肝心だ」「次がつかえているんだよ」とか、いろいろな声が聞こえて来ているように感じるのだが、なかなかふんぎりがつかない。組織人ではなく、定年のない自由業は、多くの人が同じような心境にあるのではないか、と思っている。

お客様に姿をさらす、老いがはっきりと誰にもわかるような仕事（例えば芸人やスポーツ選手など）だと、半分以上は世間が引導を渡してくれるようなものだから、意志決定もしやすいだろう。

そこへ行くとわれわれ自由業者は、今年いっぱいが限界、来年はもう使い物にならない、ということがない。

例えば私のような〝知恵〟を商いにしている仕事、もう一滴も出ない、乾ききった雑布のような状態になりながら、もうこれが最後のひと絞り、という力で絞ると、ポタリとひとしずくが出て来たりするから困る。「お、まだいけるじゃん！」という気になって、注文に応じたりする（この場合、あまり質を問わないけど）。

テレビやラジオなんかで何十年もメイン・パーソナリティを続けている人は、お世辞では「うちの顔ですから、何年でも続けてくださいよ」などと言われることが多いらしい。言われりゃ悪い気はしないから、自分からは辞めると言わない。

俗に言う「誰があの猫に鈴を付けるか？」と噂が立つような長寿番組が、どこの局にもあるものだ。

例を挙げると……、と思ったけどよそう。天につばする行為になるからだ。左様、私の仕事でいえば「週刊朝日」に連載している〈ブラック・アングル〉が四十年。〈似顔絵塾〉が三十五年。ともに「猫の首に鈴」的長期連載ものである。

どう身を引くか、という問題は誰にもある。この話題では立川談志と折にふれ語った。落語界で対照的な名人ふたりの例があるので、わかりやすかった。

黒門町の桂文楽は、あるとき、十八番の「大仏餅」を語っていたら、作中人物の名前が出なくなった。普通の噺家ならうまくごまかしてストーリーを切らさないで進めるところを、〝完璧主義者〟の文楽はそれが許せない人なので、話を切り、「勉強し直して参ります！」と客に謝って高座を降り、二度と客前に出ることはなかった。「美学の落語家」だった。

かと思うと、対照的なのが古今亭志ん生。ふだんから一語一句をはっきり言わずに酔っているような芸風で、そこがまた人気だった。どこが頭だか尻尾だかわからない「ウー、アー、」を多発している芸なので、人物の名前が出て来なくても一向にあわてないで、「ほれ、何だ、その男が……」なんてぇことで話を進めて行くから、客も驚かない。老いて、よれよれになっても高座に上がっていた。

文楽が「作品派」で、志ん生が「己《おのれ》派」というふたつの生き方を示した。談志に「家元はどっち派なの？」と訊いたら、「まあ、志ん生だろうな。でも俺の場合は、演者もファンも、常に談志の意見を聞きたがっているという特別な存在だから、文楽でも志ん生でもないんだよ。

そこが難しい」と言う。

私は「よれよれになった談志、というのに興味があるから、いつまでもしゃべってもらいたい」と希望した。

「それで俺が考えたのは、何を言ってるのかわかりにくいけど、俺の発言にひらめき、つまりイリュージョンがあれば、それを客が面白いと思ってくれるような、〝ワケノワカラナイ談志〟ってのをいま考えてるんだ」と言っていた。

前人未踏の世界「談志のイリュージョン落語」は、でも、残念ながら完成することなく逝ってしまった。


でも私は、この言葉に大きなヒントを得た。ちゃんとしていた噺家が、老いという抗い難い状況になった時、あの談志が語るのだから〝ワケノワカラナイ言葉の中に、何かがあるのだろう〟という、いままでの実績を加味して〝過大評価〟をして聴き取ってくれるのではないか。

そこを私はヒントにした。


口はばったい言い方を許してもらえるなら、私の仕事を支持したり愛してくれていたファンは、あのヤマフジのことだから、ただの〝ワケノワカラナイ〟あるいは〝モウロク〟ではない、意見や批評をこめているのではないかと、思ってくれるかも知れない。そのために積み重ねて来た実績にすがろう！　と楽天的に解釈したのである。

「モウロクとイリュージョンの老人コラムというのをやらせてくれませんか？」と「週刊文春」に売り込んだ。客観的に見れば七十七歳から新しいコラムを連載させてくれ、なんてのは暴挙である。若手で才能ある書き手が行列しているのに、そこに割り込んだ。

「みっともないぞ！」「後がつかえているんだぞ！」という声を、聞こえないふりをして、〈見ザル・言わザル・聞かザル〉の三猿を真似て割り込んだ。

週刊誌に二本、月刊誌に一本の連載があるのに、そこに新しい仕事をねじ込んだ。

この無茶な振舞いをさせたモノは何なのだ？　クールに自己弁護をすれば「メディアホリック」である。メディア（媒体）との関係を絶ちたくなかったのだ。

締め切りがあり、ネタを生み出す苦労あり、絵や文字にする表現の苦労あり……、大変な重い荷を好んで背負うことで、長年続けて来た自分のリズムを乱さないようにしたかった。老化防止にはこれが最も効果的な生活であると判断したからだ。

もし、こういうメディアとの関係から離れて、のんびり生き延びるための老後の趣味を考えついたら、この重い荷を負う道を選ばなかったかも知れないが、どう考えても、仕事に代わる充実した趣味なんかひとつも思いつかなかったのである。

簡単に言えば「貧乏性」なのだ。何かをしてないと身を持て余すタチなのだ。

少し恰好をつけて言えば、「考えごと」をしていないといられないタチなのだ。すべての仕事を離れてのんびりと(あるいは無為な)日々を送れば、さぞかし心身神経すべてにラクが出来る、と思うのだが、それより、無い知恵を絞り出して、何か表現して、他人《ひと》を喜ばせたり笑わせたりすることの方が、自分の性格に向いているのである。つくづく業《ゴウ》だと思う。

新しい仕事には新しい脳を使う。若くないから、子や孫のような若者を驚かすようなアイデアはさすがに出て来ない。多分若者たちは私のコラムを見て、「古《フル》!!」「おやじギャグ!」または「爺さんギャグ!」と失笑しているだろう。そうだよ、私は爺さんだ。

そのかわり、キミたちの知らないこと、聞いたことのないことを爺さんは知っているのだよ。

キミらの父親も知らないことを知っているのだよ。それを教えてやっているのだ。笑いは新しいほどいいというものではない。ワインでも骨董品でも、年代ものにはそれなりの価値がある。

キミらは口では「おやじギャグ！」と馬鹿にしているけど、そう言いながら心の中のどこかで愛しているのだよ。心のどこかで癒しを感じているのだよ。絶対にそうだ。

いま口で馬鹿にしている〝レトロな笑い〟は、やがてキミらの心のどこかで滋養になっていくのだよ。そのことに気付くのはもう少し先の話だ。「使い捨ての笑い」は便利には思うだろうけど、やがて「虚しい笑い」であることに気が付く時が来る。

「課長、コピー用紙たのんでいいですか？」

「いいよ。サイズはＡ４がえーよん!!」

ほら、いまでもＣＭでやってるだろ。みんな、好きなんだよ。レトロな笑いの時代は、必ず再びやって来るぞ!!

落語宇宙

せっかく「学び盛り」という大切な時期を、天は人間に平等に与えてくれたのに、なんでまともに勉強をしなかったんだろうと、始終じゃないけど、ごくまれに思うことがある。

理由は明快、落語に出会ってしまったからだ。落語は面白いけど勉強はつまらない。また落語世界に入り込むと、勉強をしてない人間が不幸せになるという光景が出て来ない。それどころか、「うちの伜《せがれ》にも困ったもんだ。いちんち中、本ばかり読んで〝子《し》、のたまわく〟などとわけのわからんことを言ってる。少しは世間の人と付き合わないと、誰も相手にしてくれませんよ。え、源兵衛と太助が遊びに連れてってくれるって？　行ってらっしゃい行ってらっしゃい」と親爺は喜んで遊びに行かせるという始末だ(「明烏」)。

子供心にも、これは変だとうすうす思った。面白く出来ているけど、それだけだったらこんなに長い間、大衆に支持されるわけがない。落語には何かタメになる要素が入っているはずだと、説明はつかないけど感じてはいた。というのも、朝晩季節の変わり目の挨拶から、火事葬式の見舞い方、夫婦喧嘩の仲裁、借金のことわり方、朝帰りの言い訳、啖呵の切り方、よいしょの仕方まで、ありとあらゆる庶民の知恵が、おのずと身についていたからだ。学校じゃ教えてくれない学問を、笑わせながら教えてくれた。私は「落語学校」より「落語宇宙」と呼んでいる。およそこの世の出来事や考え方のほとんどは先人たちが落語の中で語ってくれている。

ためしにやってみるかな……。


「現在抱えてる問題で悩んでることは何だ?」

「そうですねえ、アイデンティティに悩んでますね」

「ふーん、自己確認だな。その問題は〈そこつ長屋〉で触れているな。なあ兄貴、わかんなくなっちゃったよ。抱かれてるのは確かに俺だけど、抱いているのはどいつだ?」

「あと老人のカルチャーセンターです。あまりみんながやってないような珍しい習い事ってありますか?」

「大ありだ。〈あくび指南〉。これぞ哲学だ。自然に出るシャックリやゲップを、どうやったら形よく出来るか、なんて誰も考えないだろ。行くんなら師匠を紹介してやるよ」

「ファストフード。あれみんな洋食なんで口に合わないんだ」

「早くて安くてうまい。それで和食系か。それならば〈時そば〉だ。銭は細かいのを用意しときな」

「ほう、すぐ出ますね。じゃ難しいやつ。カミングアウト」

「秘密の告白だな。落語にはないと思ってるだろ。それがあるんだ。〈饅頭こわい〉の連中だ。俺は蛇がこわい、俺は蜘蛛が苦手だ、なめくじがこわいと、ふだん強がってるやつが次々に告白してる。どうだ」

「へぇ、あるもんですね。じゃ引きこもり。これは落語じゃ扱ってない問題でしょ」

「なんのなんの。引きこもり息子は昔から居る。〈崇徳院〉と〈千両みかん〉。ふたつもある」

「応えないね。それじゃ草食系はどうです」

「簡単だ。〈明烏〉の堅物息子はそれだった」

「自殺。これはさすがにないでしょう」

「ないと思うだろ。それがあるんだ。〈あたま山〉。ケチな男がサクランボの種子をのみ込んだら、頭から木が生えてその花を見に大勢集まる。うるさいので抜いたら穴があき、水が溜まって池になり、また大勢が集まってうるさくて仕方がない。めんどくさいとその池に身を投げたという四次元世界を描いた珍しい落語だ」

「四次元まであるんですか、参ったなあ。じゃこれでとどめを刺しますよ。サイコセラピーは？」

「心理療法だな。ぴったりなのがあるんだよ。〈天災〉だ。短気で悩んでる八五郎にいい先生を紹介してやろうと、紅羅《べにら》坊名《ぼうな》丸《まる》の家に行かせる。先生の心学にすっかり感心した八五郎が帰って来たという噺」

「恐れ入りました。落語宇宙の広大さを見直しました。あとは、オレオレ詐欺、危険ドラッグ、集団的自衛権、イスラム国……」

「もう、義経にしておけ!!」

窓の外に目をやると、陽がだいぶ傾いている。

目の前には愛すべき話し相手が居眠りをしている。

「眠そうだね。今日の感想はいかがでした?」

「ええ、カレーライスがおいしかったです」

「そこかよ!!」

「いや、冗談。それより伺っていて、随分小刻みにいろんなことを考えてるんだなあ、年寄りの脳も忙しくて大変なんだなあと、思ってましたよ」

「ま、これは私の趣味だから苦痛じゃない。それより何も考えるなって言われる方がつらい。

また話したくなったら声をかけるから、よろしく」

「いつ頃まで生きてるんです?」

「さあねぇ。考えてるうちは生きてるだろうな」

「下手すると、死んでからも考えるおひとだね」

「〝寒蛙人《かんがえるひと》〟か。ロダンだな。いい俳号だ。〝三魔《さんま》〟から変えようかな……」

あとがき

あとがきってのは、必要ですかね？

ええ、やっぱり一応は単行本ですから、読者の方へのお礼とか、ご挨拶とか、「シメ」として……。

「シメ」ねぇ。よく言いますね、飲み会の最後に。どうです、ここら辺で「シメ」のラーメンとか、オジヤとか。あれ、体にはよくないって、医者はよく言ってますよ。寝る前に何か食べると太りますって。


食べものじゃなくて、読者へのお礼ですから。

あ、お礼ね。それは必要です。私の想定じゃこういう本を買って読んでくださる方というのは、ほとんどが私と同じような世代で、同じようなことをふだん感じていらっしゃる方だから同時代仲間。残された時間もそうたっぷりとある方ではないでしょうから、貴重な時間をさいて本を読んでくださったわけで、それについては深く感謝します。

年をとると時間《トキ》が経つのが早いですね。

子供の頃は夏休みの四十日間なんて、永遠にヒマが続くような感じがしていたもんですね。

それがこの年になると、何だい、昨日正月だと思ってたらもう夏かい。昔より時間が早くなっているんじゃないか、誰もが時計やカレンダーを信じているけど、実は時間が早くなっているのを疑わないいんだよ。地球は絶対に早く回っている。ブンブンと。

みなさんそう思っているに違いないから、その貴重な時間を頂いちゃったことに対して、感謝とお詫びの気持は心の底から思っています。

ついでと言っちゃ何だけど、お礼を言いたい人がまだ居ます。

私の目の前で、くだらない話に相づちを打ったり、予想もしない質問をしたり、時には感心したフリをしてくれた人。

この人が居てくれないと、この本は成立しなかった。

この人物、正体を明かせば「架空の人」なのです。

いろいろな場で、いろいろな人たちと、方向定めずに雑談をするのが、私の目下の最高の楽しみなのです。

基本的にはマスコミの方です。

みなさん、知的好奇心は強いし、各自の価値観や美学を頑固に持っているから、話し相手としては丁度よい。それらの人のある部分を私なりにミックスしている。

朝日新聞の人(現役もOBもあり)、文藝春秋の人、岩波書店の人(現役もOBもあり)、NHKの人、講談社の人、そして取材しに来てくれたフリーライターの人などなど。

私が話したいと思ったくらいだから、みなさん共通して、上っ面の社交辞令じゃなくてもう少し深いところの話になる。手強い。それが私には有難い。馬鹿っ話から時に哲学的会話になる。それがまた私には有難い。

その時その時に感じたことを、まず言葉にする。一種の真剣勝負です。話し終えたあとは、私の脳内の血液は、平常時より巡行が良くなっているのを感じる。

これが何よりの老化防止。続けている限りはボケないだろうと思う。

この形式、恰好をつけて言えば、お手本は漱石の『吾輩は猫である』。あれを目標にしている。

あちらは語り手たちが〈高等遊民〉だけど、こちらはコウトウムケイの〈荒唐遊民〉。

このセチガライ時代、こんな実利や損得を求めない贅沢な空間はない。

そんな製作過程を、私の記憶によってまとめたものだから、テーマも深さもまちまちです。構成や順序などは全く考えないで、脳から手に書け、と命じられた順に書いている。この作り方が私の生理にいちばん合っているのです。

こんな自由奔放なおしゃべりを、立派な本に仕立ててくれた岩波書店の井上一夫さん(OB)、坂巻克巳さん(OB)、坂口顯さん(OB・装幀家)、中嶋裕子さんには心から感謝をいたしております。

平成二十七年　初夏

山藤章二

アッ、たったいまシャレが浮かびました、浮かんだことはすぐ文字にしないと気がすまないタチなので、一応記しておきます。「忠臣蔵義士銘々伝」から。

〈あとがき源蔵・徳利《とくり》の別れ〉

（おのおの方の中で、三人くらいに通じれば余は満足）

山藤章二

1937年東京生まれ．武蔵野美術学校デザイン科卒業．広告会社をへて，64年独立．講談社出版文化賞(70年)，文藝春秋漫画賞(71年)，菊池寛賞(83年)などを受賞．04年，紫綬褒章受章．
主な著書に『山藤章二のブラック・アングル25年 全体重』(朝日新聞社)，『アタクシ絵日記 忘月忘日』1〜8(文春文庫)，『山藤章二イラストレーション 器用貧乏』(徳間書店)，『山藤章二戯画街道』(美術出版社)，『山藤章二の顔事典』(朝日文庫)，『対談「笑い」の構造』『対談「笑い」の解体』『対談「笑い」の混沌』『山藤章二のずれずれ草「世間がヘン」』『駄句だくさん』(以上，講談社)，『カラー版 似顔絵』『ヘタウマ文化論』(以上，岩波新書)，『まあ，そこへお坐り』『論よりダンゴ』『自分史ときどき昭和史』(以上，岩波書店)など．

老いては自分に従え

2015年6月18日 第1刷発行
2015年8月6日 第2刷発行

著　者　山藤章二《やまふじしょうじ》

発行者　岡本　厚

発行所　株式会社 岩波書店
〒101-8002 東京都千代田区一ツ橋2-5-5
電話案内 03-5210-4000
http://www.iwanami.co.jp/

印刷・三陽社　カバー・半七印刷　製本・三水舎

ISBN 978-4-00-061032-2　Printed in Japan